Petra Klotz · Susanne Schönfeld

Spätzles-Yoga

Petra Klotz · Susanne Schönfeld

Spätzles-Yoga

Roman

Silberburg-Verlag

Petra Klotz, Jahrgang 1958, ist in Memmingen geboren und in einer Großfamilie aufgewachsen. Nach dem Realschulabschluss absolvierte sie eine kaufmännische Ausbildung und arbeitet heute in der Verwaltung einer ergotherapeutischen Praxis. Sie ist verheiratet, hat zwei Söhne und lebt in einem Stadtteil Memmingens.

Susanne Schönfeld, geboren 1965 in Lehnin (Brandenburg), hat eine Lehre als Reiseverkehrskauffrau abgeschlossen und Amerikanistik studiert. Bis 2006 schulte sie Erwachsene am Computer, seither arbeitet sie in einer Werbeagentur. Sie lebt mit Ehemann und Sohn in Memmingen.

1. Auflage 2015

Umschlaggestaltung:
Christoph Wöhler, Tübingen.
Coverfoto: © kemalbas – iStockphoto.
Druck: Gulde-Druck, Tübingen.
Printed in Germany.

ISBN 978-3-8425-1434-8

Für Lily und Lydia

wirklich … Ganz … schwierig der Wiedereinstieg nach mehr als zehn Jahren für dich sein wird.«

»Ich kann also nichts und keiner will mich haben, ja? Ich habe eine abgeschlossene kaufmännische Ausbildung«, verteidigte ich mich.

Kapitel 1 | *Nathalie*

»Was würdest du eigentlich davon halten, wenn ich wieder ein paar Stunden arbeiten würde?«

Wie jeden Morgen sprach ich an eine weiße Wand mit schwarzen Buchstaben. Dahinter versteckte sich, die Ellbogen auf den Küchentisch gestützt, mein Mann Harry. Er begann herzhaft zu lachen, blätterte raschelnd um und sah mich an. Über welche Zeitungsmeldung amüsierte er sich heute? Ein gefeuerter Bundesligatrainer, ein korrupter Wirtschaftsboss oder ein Politiker, der aus einem Bordell geschlichen kam?

»Weißt du, was ich gerade verstanden habe?« Er lachte erneut. »Dass du wieder arbeiten gehen willst.«

»Ja, und was genau wäre daran so lustig?« Ich bemühte mich, meine Enttäuschung zu verbergen, und rührte eine geschnittene Kiwi in meinen Joghurt.

»Das Thema hatten wir doch schon mal. Mit großem Wirbel hast du angekündigt, auf Arbeitssuche zu gehen, ich glaube, es war in irgendeinem Dezember. Aber Weihnachten sollte noch gemütlich werden, im März kam dir der Frühjahrsputz dazwischen, den herrlichen Sommer wolltest du nicht mit Jobsuche vergeuden und im Herbst hat es sich dann nicht mehr für das restliche Jahr gelohnt – war ja schon bald Advent.« Harry schmunzelte. »Und sei doch mal ehrlich: Mit drei schulpflichtigen Kindern wäre das nicht wirklich sinnvoll gewesen. Ganz zu schweigen davon, wie schwierig der Wiedereinstieg nach mehr als 20 Jahren für dich sein wird.«

»Ich kann also nichts und keiner will mich haben, ja? Ich habe eine abgeschlossene kaufmännische Ausbildung«, verteidigte ich mich.

Halbherzig. Er traf tatsächlich meine Ängste.

»Stimmt! Abgeschlossen, als man noch mit Lochkarten den Computer fütterte und mit der Wählscheibe das Telefax bediente.«

Aufmuntern war anders.

Harry legte die Zeitung sorgfältig zusammen und nahm einen Schluck aus der Kaffeetasse.

»Habe ich gesagt, dass ich zurück in ein Büro will? Dein Vorschlag von damals ist bei mir durch.« Ich schnaufte. »›Du kannst meine Sekretärin unterstützen‹«, wiederholte ich ironisch Harrys Vorschlag von damals. »Pfff ... ausgerechnet die Graute, die schon immer der Überzeugung war, dass sie die bessere Frau Hecht wäre. Die hat bis heute keinen Mann, weil sie immer noch denkt, dass sie irgendwann bei dir zum Zug kommt. Die hätte mich doch in der Ablage verfaulen lassen. Oder dein Vorschlag mit der Buchhaltung!« Ich rührte immer heftiger in meinem Joghurt. »Ich bin ein kreativer Mensch! Schau dir meine Bilder an! Und dass Buchhaltung nicht kreativ sein darf, weißt du ja spätestens seit deiner letzten Betriebsprüfung.«

»Ach, das war doch Pillepalle, wegen der beiden Gutscheine für die Graute. Ein paar läppische Sozialabgaben zum Nachzahlen! Du ärgerst dich nur, weil es ausgerechnet Geschenke für die Graute waren. Kleines Dankeschön eben, dass sie hin und wieder Extradienste leistet«, grinste Harry. »Und wenn du noch lange so rührst, dann hast du bald Quark.« Er nickte in Richtung Joghurtbecher und dabei mussten wir beide lachen.

Es ärgerte mich trotzdem, dass Harry Witze über meine Idee machte. Noch mehr ärgerte es mich aber, dass ich darüber jetzt auch noch lachen musste.

»Nein, jetzt im Ernst, Nathalie, ich dachte nur, wir machen dir doch ... ich meine, du hast mit uns, dem Haus und dem Garten genügend Arbeit. Das hör ich jedenfalls andauernd.«

»Delegieren heißt dann eben das Zauberwort!« Ich richtete meinen Oberkörper auf und nahm die Schultern zurück. »Schau, die beiden Großen sind aus dem Haus und Chris wird elf, da kann man doch schon mal das eine oder andere verlangen, findest du nicht?«

Harry nickte zustimmend. »Du hast recht, als ich elf war, da musste ich schon richtig ran zuhause. Chris könnte noch viel mehr tun.«

»Und wenn es mal ganz dicke kommt, dann habe ich ja noch dich, gell?« Ich klopfte ihm auf die Schulter.

Jetzt war er es, der seinen Oberkörper aufrichtete und die Schultern straffte. Er legte die flache Hand auf seine Brust.

»Also, na ja, du weißt ja, dass es bei mir oft ziemlich stressig ist, und …«

»Harry!«

»Gerade gestern hatten wir Submissionsschluss und ich musste auf den letzten Drücker …«

»Harry, hallo! Herr Hecht, es ist alles gut!« Ich atmete hörbar aus. »Für dich wird sich nichts ändern, fast nichts … na ja, vielleicht ein bisschen was. Findest du nicht, dass ich euch alle ziemlich verwöhnt habe all die Jahre?« Es war mehr eine Aussage als eine Frage.

»Ja, das brauchen wir Männer ja auch, wenn wir in der rauen Berufswelt bestehen wollen.« Er zwinkerte mir zu. »Und in diese Tretmühle will sie sich nun freiwillig begeben«, sagte er kopfschüttelnd zu sich selbst.

Ich hasste es, wenn er in der dritten Person über mich sprach.

»So kommen wir doch nicht weiter. Es geht hier nicht um dich, sondern um mich. Ich möchte einmal ein Geburtstags- oder Weihnachtsgeschenk machen, mit Geld, das ich selbst verdient habe. Das ist doch keine Überraschung, wenn du schon im Voraus auf dem Kontoauszug siehst: Aha, ich bekomme was für achtzig Euro von Wollwanner …«

»Für solche Dinge zwacken Frauen doch immer ein bisschen Haushaltsgeld ab.«

»Ich nicht, ich nehme nur, was ich brauche. Und noch was, außer dem Verdienst hat man doch eine ganz andere Anerkennung von außen für seine Leistung!« Ich hatte mich in Rage geredet.

»Hm.« Harry zuckte mit den Schultern. »Ich könnte dir ja ein Taschengeldkonto einrichten, und ich lob dich in Zukunft öfter, wäre wöchentlich okay?«

Er spielte das Thema herunter!

»Du willst mich einfach nicht verstehen.« Ich schüttelte den Kopf und stand auf.

Harry hielt mich am Handgelenk fest. »Nathalie, natürlich ist das deine Entscheidung, ich kann es halt nicht wirklich verstehen. Aber wenn du meinst. Du wirst ja nicht gleich einen Ganztagsjob annehmen wollen, oder?«

»Nein, ich hab an ein paar Stunden die Woche gedacht. Erst muss ich ja mal etwas Passendes finden und es hat ja keine Eile«, antwortete ich gelassen.

Über zwanzig Jahre war ich jetzt Hausfrau. War es da nicht an der Zeit, Anerkennung außerhalb der Söflinger Idylle zu suchen? Zwei unserer drei Söhne hatten das Haus schon verlassen, was den Aufwand an Hausarbeit erheblich verringerte. Alex studierte in Stuttgart und Benni hatte eine Kochlehre begonnen. Wahrscheinlich aus Verzweiflung über meine Unfähigkeit am Herd. In diesem Fall hatte das schlechte Vorbild sein Gutes. Und Chris, unser Jüngster, hing mir mit seinen zehn Jahren auch nicht mehr ständig am Rockzipfel. Einen Nachmittag in der Woche übernahm Sina, meine beste Freundin, das Unterhaltungsprogamm für ihn. In dieser Zeit würde ich mich zukünftig mit Meister Proper auf Putzeimer und Lappen stürzen, um den Vormittag bei der Arbeit auszugleichen.

Die Beziehung zwischen Sina und Chris war eine ganz besondere. Sina hatte mich vor zehn Jahren am Ausee in der

Friedrichsau »gefunden«, als bei mir die Wehen eingesetzt hatten. Ich musste sie damals nur ein ganz klein wenig überreden, mich ins Krankenhaus zu fahren. Sie ließ sich auch noch erweichen, sechs Stunden im Kreißsaal ihre Hände von mir quetschen zu lassen, bis Harry von seinem auswärtigen Geschäftstermin endlich im Krankenhaus eintraf. Da war Chris schon auf der Welt. Sina hatte inzwischen völlig freiwillig das Durchtrennen der Nabelschnur übernommen. Ein kleiner Schnitt mit großer Wirkung: Die beiden wurden unzertrennlich. Harry und ich waren so dankbar für ihre Hilfe, dass wir ihr die Patenschaft für den Kleinen angeboten haben. Seit dieser Zeit war Sina, obwohl zehn Jahre jünger als ich, meine beste Freundin. Sie gehörte gewissermaßen zur Familie.

Ich hatte in den letzten Wochen immer mal wieder die Stellenangebote in unserer Tageszeitung überflogen, und jetzt wollte ich Nägel mit Köpfen machen. Als Harry sich zur Arbeit und Chris sich zur Schule verabschiedet hatte, ging ich sofort in den Keller. In einer Bananenkiste stapelte ich die Zeitungen fürs Altpapier. Ich hob sie auf die Gefriertruhe und suchte in der »Südwestpresse« und im »Ulmer Wochenblatt« den Stellenmarkt der letzten Samstags- und Mittwochsausgaben. Mit einer Dose Ananas für Geschnetzeltes süß-sauer heute Mittag und meinem kleinen Zeitungsstapel ging ich nach oben, breitete die Seiten auf dem Esstisch aus und holte einen Markierstift.

Als Erstes fielen mir natürlich die großen farbigen und fett gedruckten Anzeigen auf. Sicherlich Arbeitsplätze, in denen man auch große, fette Gehälter kassierte. Oder doch nicht, vielleicht waren sie nur nach Dringlichkeit sortiert, der »Kraftfahrer« stand nämlich auf derselben Seite wie der »Vermögensmanager«, beide mit dem Zusatz »m« und »w« oder »in«. Alle nahmen es sehr genau mit der Gleichstellung von Mann und Frau. Zu meiner Zeit nannte man beide Geschlechter Industrie-, Büro- oder Speditionskaufmann, heute endeten diese Berufe auch auf -frau. Neugierig blätterte ich zum Bauhandwerk. Schade, dass kein Pflasterer gesucht wurde, die weibliche Form dafür hätte mich sehr interessiert!

Vor den handwerklichen Berufen standen die Gesuche für technisches Personal. Da war in letzter Zeit wohl einiges passiert: Betreuung der SQOL, Know-how in den Komponenten MFP, Verständnis für UMTS, VPN, DNS, gute Kenntnisse in den Themen AD. Aha! Ich war beeindruckt von Menschen, die sicher im Umgang mit SPL, ANC und DUIR waren. Dann wechselte ich zur Sparte Handwerk. Nichts für mich dabei, das hatte ich mir schon gedacht. Ich war keine Friseurin und keine Floristin und eine gute Köchin hätte ich selber gerne genommen. In der rechten Spalte standen die Anzeigen der Heil-, Pflege- und Sozialberufe. Der katholische Männerfürsorgeverein suchte jemanden in Teilzeit, na prima.

Oh, Ärztin oder Arzt in Reutlingen, eh zu weit weg. Oder hier, die Klinik. Klinik, das war das Stichwort: Heute wollte ich unsere Betten frisch beziehen. Ich lief die Treppen in unser Schlafzimmer hoch, nahm die Bezüge und die Spannbetttücher der Matratzen ab, schüttelte Decken und Kissen auf und öffnete die Balkontür. Die Schmutzwäsche trug ich in den Keller, stopfte eine Garnitur in die Waschmaschine, Pulver dazu, stellte auf Buntwäsche 60° C und drückte auf Start.

Zurück zur Zeitung und zum Start ins bunte Berufsleben. Mein Stift fuhr ins Hotel- und Gastgewerbe. Gott bewahre, alles zu haushaltsnah. Ich sah auf die Uhr, ich sollte langsam mit meinem Geschnetzelten anfangen …

Typisch! Angefangenes nicht zu Ende gebracht. Wer also eine strukturierte Mitarbeiterin brauchte, nahm mich besser nicht. Ich sank immer mehr auf meinem Stuhl zusammen. Alle Berufssparten hatten ein Anforderungsprofil, von dem ich mindestens einen Schulabschluss und Äonen an Berufserfahrung entfernt war.

Aber ich war definitiv konfliktfähig, hatte Erfahrung im Krisenmanagement, Teamgeist und Einfühlungsvermögen, hohe Motivation und soziale Kompetenz. Ich hatte immerhin eine fünfköpfige Familie über die Runden gebracht, da gehörte so etwas zur Grundausstattung! Hatte ich auch wie gewünscht analytisches, strategisches und konzeptionelles Denken? War ich erfolgsbezogen, hartnäckig, vernetzungsfähig? Keine Ahnung. Ich war zum Beispiel ... ja, was? Ich war zum Beispiel ... gesellig. Damit vermutlich *die* Mitarbeiterin für Freude am Umgang mit Menschen, allerdings ohne Bereitschaft zu Schichten, zum Einsatz am Wochenende und schon gar nicht an Feiertagen.

Ich blieb an einer kleinen Anzeige vom Vortag hängen.

Wir suchen Sie! Frauen jeden Alters, für leichte Nebentätigkeiten. Keine Vorkenntnisse erforderlich. Herr Gäbler, Krummenweg 29, Neu-Ulm. 10 bis 16 Uhr.

Oh, das konnte das Richtige für mich sein!

Keine Telefonnummer.

Das war es. Ich war eine Frau jeden Alters, und dass die Arbeit leicht nebenbei erledigt werden konnte, war ziemlich ermutigend. Und was ich auf jeden Fall bieten konnte, waren fehlende Vorkenntnisse. Oder suchte dieser Herr Gäbler am Ende nur jemanden, der seine Wäsche und seine Wohnung sauber hielt oder, noch schlimmer, kochen sollte? Er war Single, sonst würde es doch *Familie* Gäbler heißen! Wie chaotisch es in einem männlichen Singlehaushalt aussah, konnte ich mir gut vorstellen. Wie bei uns zuhause – nur eben ohne mich. Am Vormittag würde ich dann beim Gäbler waschen und putzen und dafür am Nachmittag bei Hechts putzen und waschen. Oder vielleicht war es ja eine Firma Gäbler und Herr Gäbler persönlich war für das Personal zuständig? Das bekam ich nur heraus, wenn ich mich auf den Weg zur angegebenen Adresse machte, am besten heute Vormittag noch.

Gegen zehn Uhr fuhr ich mit meinem Fahrrad über die Wagnerstraße zur Donau und an dieser entlang bis zur Gänstorbrücke. Dort überquerte ich die Donau, radelte noch ein kleines Stück nach Osten, und dann wieder ins nördlich gelegene Industriegebiet Kammer-Krummen. Um mich herum nahm ich nichts und niemanden wahr. Mein Weg führte nur von A nach B, von arbeitssuchend nach berufstätig.

Konnte ich bei Herrn Gäbler überhaupt so gänzlich unvorbereitet erscheinen? Worauf hätte ich mich denn vorbereiten sollen, beruhigte ich mich. Da ich nicht wusste, was er von mir erwartete, durfte er sich auch nicht beschweren, wenn ich außer einem gepflegten Äußeren – diese Floskel war bestimmt in der Anzeige nur vergessen worden –, was mich eineinhalb Stunden gekostet hatte, nichts vorzuzeigen hatte. Mein erstes Vorstellungsgespräch seit meiner Ausbildung!

Wenn es überhaupt zu einem Gespräch kam. Zweifel überfielen mich. Was, wenn ich schon bei der optischen Überprüfung durchfiel? Zu klein, kommt nicht an das obere Regalbrett beim Auffüllen der Cerealienpackung. Zu viele Fältchen am Hals, kein Mensch kauft ihr unser Anti-aging-booster-Dekolletee-Serum ab … Aber für Geld war ich zu allem bereit. Auch zum Tragen von Plateauschuhen und Rollkragen.

Als ich in dem weitläufigen Industriegebiet den Krummenweg fand, zeigte mir ein Schild diesen als Sackgasse an. Ich radelte weiter, suchte dabei aufmerksam nach der Hausnummer 29 und fand sie am Ende der Straße an einem älteren Bürogebäude. Daneben stand eine kleine Gewerbehalle aus Betonplatten mit Lichtkuppeln auf dem Dach und einem Rolltor. Weit und breit kein Hinweis, auf welches Arbeitsfeld ich mich hier begeben würde. Es war keine Menschenseele zu sehen und nichts zu hören. Nur am Ende der Halle sah ich einen schwarzen Mercedes SLK stehen.

Ich stellte mein Fahrrad ab, ging zur gläsernen Eingangstür und ein Aufkleber empfahl mir »drücken«. Vergeblich, die Tür war verschlossen. Jetzt entdeckte ich ein kleines Klingelschild mit der Aufschrift »Cameforse«. Irgendwie war mir mulmig, alles wirkte so verlassen. Jetzt beunruhigte mich, dass niemand wusste, wo ich war. Ich hatte eigentlich Harry von meinem Vorhaben erzählen wollen, leider hatte mich auf seinem Handy nur die Mailbox begrüßt und auf die Graute hatte ich gar keine Lust. Sie jammerte eh jedes Mal ihren Standardsatz: »Das tut mir leid, es ist gerade sehr ungünstig, kann ich ihm etwas weitergeben?« »Ja, die Kündigung, du Kuh!«, lag mir jedes Mal auf der Zunge.

Hätte ich wenigstens Sina eingeweiht! Wir tauschten uns ansonsten quasi über alles und jedes aus. Es gab nichts, was ich ihr nicht anvertraute.

Ich wollte gerade mein Fahrrad verstecken, um vorzuflunkern, jemand hätte mich hergebracht, da kam eine Stimme von oben: »Sie können das Rad ruhig stehen lassen, das stört hier niemanden.«

Ich schaute an der Fassade hoch und sah einen Mann mit längerem lockigen, recht angegrauten Haar und einer getönten Brille am Fenster stehen. Baden-Württembergs Antwort auf Flavio Briatore. In einem verlassenen Firmengebäude in Neu-Ulm.

»Entschuldigen Sie, ich habe den Nebeneingang genommen und vergessen, die Tür zu den Büros aufzuschließen. Ich komme gleich nach unten.«

Die letzte Gelegenheit, sich aus dem Staub zu machen. Ich konnte mich allerdings nicht schnell genug entscheiden zwischen Geld oder Leben, da knackte schon ein Schlüssel im Schloss und die Glastür wurde von innen mit Schwung geöffnet.

»Mein Name ist Gäbler, ich nehme mal an, Sie kommen wegen des Inserats?« Er streckte mir seine Hand entgegen.

»Hecht, guten Tag, Herr Gäbler. Ja, richtig, mein Mann hat mich heute Morgen auf Ihre Anzeige aufmerksam gemacht und mir geraten, mich gleich bei Ihnen zu melden.«

Ha! Ich fand mich richtig clever.

»Dann kommen Sie doch rein.« Er machte eine einladende Handbewegung.

Ich folgte ihm in ein Büro, das man so gar nicht hinter dieser Fassade vermutete. Es war hell und freundlich, modern eingerichtet, mit allem ausgestattet, was in ein Büro gehört. Aktenschränke, ein riesiges Kopiergerät, auf dem Tisch PC und Drucker und jede Menge Ordner in offenen Regalen. Das war doch schon recht beruhigend.

»Nehmen Sie bitte Platz, Frau Hecht. Möchten Sie was trinken? Kaffee, Wasser, ein Gläschen Champagner?«

»Nein, vielen Dank.«

Ich lehnte nur deshalb ab, weil ich befürchtete, mein Getränk vor Nervosität zu verschütten.

Flavio kam gleich auf den Punkt: »Ich nehme an, Sie möchten etwas über die Arbeit wissen, die wir zu vergeben haben?«

»Ja, bitte, schießen Sie los.«

Freud hätte sicher eine tiefenpsychologische Erklärung für diesen Satz gehabt, ich war anscheinend noch nicht ganz frei von Argwohn.

»Wir verkaufen ein Produkt, das wir ohne viel Mühe schon jahrelang erfolgreich an den Mann bringen. Die Bestellungen werden per E-Mail oder telefonisch erfolgen«, erklärte Herr Gäbler sachlich.

»Das klingt schon mal nicht schlecht, denn jemandem was andrehen ist nicht so mein Ding.« Ich wurde bereits gelöster.

»Sie können sich die Arbeitszeit nach Ihren Gegebenheiten einteilen und Sie brauchen nur einen Computer mit Internetzugang. Das hat ja heutzutage jeder Haushalt, und natürlich ein Telefon.

»Das heißt, ich könnte von zuhause aus arbeiten?«

Das wurde ja immer besser.

»Selbstverständlich. Sie haben erwähnt, dass Sie verheiratet sind. Haben Sie Kinder?«

Schön, dass er sich auch für Persönliches interessierte.

»Ja, drei Jungs.«

»Schulpflichtig?«

Aha, jetzt kam der Haken an der Sache. Die nahmen keine Frauen, die noch Schulkinder hatten. Da waren zum einen die vielen Ferien, dann eventuelle Ausfälle wegen Erkrankung der Kleinen …

»Schon halbwegs erwachsen und aus dem Haus«, winkte ich ab.

Stimmte zu zwei Dritteln.

»Gut. Also, Sie könnten natürlich ebenso hierherkommen, wenn Sie zuhause nicht die nötigen Voraussetzungen haben. Manche Männer stört die ständige Telefoniererei, wenn man keinen separaten Raum für Telefon oder Computer hat.«

»Nein, das ist kein Problem, wenn ich kein Warenlager einrichten muss. Wir haben das freie Zimmer unseres Ältesten, das ist als ›Homeoffice‹ bestens geeignet.«

Homeoffice! Noch keine Stunde gearbeitet und schon schmiss ich mit Fremdwörtern um mich! Ich grinste in mich hinein.

»Erzählen Sie doch noch ein wenig von sich«, ermunterte mich Herr Gäbler.

Er lehnte sich entspannt zurück und schloss die Augen. Manche Menschen nahmen angelehnt und mit geschlossenen Augen Informationen wohl besser auf …

»Ja, was gibt es über mich zu erzählen. Also, ich habe eine abgeschlossene Ausbildung als …«, begann ich.

»So etwas interessiert mich nicht.« Er hob seine Lider für einen kurzen Augenblick. »Ich möchte eher etwas über Sie als Person erfahren.« Augen wieder zu.

»Also, ich bin vierzig Jahre alt und Hausfrau …« Ich zögerte.

Der wusste doch schon alles: dass ich verheiratet war und Kinder hatte, was gab man denn noch so Persönliches beim ersten Gespräch von sich preis?

Er fixierte mich wieder freundlich.

»Ja, vielleicht noch, dass ich zuverlässig und gewissenhaft bin und den Umgang mit Menschen liebe.«

Ich schaute auf Herrn Gäbler. Döste der jetzt vor sich hin?

»Mehr gibt es über mich eigentlich nicht zu erzählen. Vielleicht möchten Sie mir noch etwas über die Arbeit an sich, die Anzahl der Arbeitsstunden oder – wenn es möglich ist – über die Bezahlung sagen?«

Ich hatte wieder seine volle Aufmerksamkeit.

»Die Anzahl der Stunden können Sie gerne selber festlegen und die Bezahlung erfolgt auf Provisionsbasis.«

»Ich habe mir so vier Stunden am Vormittag vorgestellt.« Jetzt wurde ich forscher. »Und zehn Euro die Stunde sollten es schon sein.«

Ich richtete mich in meinem Stuhl zu meiner ganzen Größe von einsdreiundsechzig auf.

»Frau Hecht, Sie scherzen.«

»Neunfünfzig und keinen Cent weniger«, entgegnete ich so energisch, dass ich selbst erschrak.

Herr Gäbler wirkte belustigt. »Frau Hecht, wenn Sie gut sind, verdienen Sie das in der Minute.« Er legte nun seine Unterarme auf die Tischplatte und beugte sich zu mir. »Und wenn ich Ihre Stimme so höre, dann sind Sie gut.«

»Hat meine Stimme solch einen Einfluss auf den Verkauf des Produkts?«

Ich fühlte mich geschmeichelt. Über meine Stimme hatte sich noch nie jemand positiv geäußert!

»Na ja, ein Stück weit wenigstens, den größeren Teil macht natürlich der Inhalt.«

»Könnten Sie mir jetzt bitte verraten, um welches Produkt es sich handelt?«

»Haben Sie unseren Firmennamen gelesen?«

»Komfort oder so ähnlich …«

»Cameforse«, berichtigte mich Herr Gäbler.

»Tut mir leid, ich habe leider bisher kein Produkt der Marke Cameforse in meinem Haushalt. Vielleicht mein Mann, wenn es etwas mit Rohrleitungen oder Sport zu tun hat«, antwortete ich kleinlaut.

Wahrscheinlich kannte die ganze Welt außer mir Cameforse. Unsere Kinder spielten bestimmt schon seit der Kindergartenzeit Cameforse.

»Frau Hecht, Cameforse ist eine Abkürzung und steht für ›Call me for sex‹.«

Ich konnte ihm nicht folgen und schaute ihn ziemlich hilflos an. »Sagt mir leider auch nichts.«

»Call me for sex«, hackte er mir nun die einzelnen Worte entgegen.

Ich schnappte nach Luft. »Ich soll Sexartikel verkaufen?«, fragte ich perplex.

»Frau Hecht, setzen Sie einfach ›Telefon‹ davor und lassen Sie ›Artikel‹ weg!«

Nachdem ich mit Verzögerung endlich kapiert hatte, wo es konkret hinging, musste ich lachen. Es klang künstlich und fremd.

»Ich glaube, wir kommen nicht ins Geschäft, das ist nichts für mich«, sagte ich schließlich.

Dann stand ich auf und griff nach meiner Tasche.

»Also, wenn es nur an der mangelnden Praxis liegt«, sagte Herr Gäbler und winkte beschwichtigend ab, »das ist reine Übungssache. Wir haben da eine Kollegin, die …«

»Bitte, Herr Gäbler, lassen Sie es gut sein«, unterbrach ich ihn, stand auf und verließ ohne Gruß das Büro.

Mann, war das ein Reinfall gewesen! Wenn ich das Harry erzählte! Nein, der durfte das auf keinen Fall erfahren. Seine Reaktion konnte ich mir ausmalen: »Das wäre ja ein Superjob, von zuhause aus, keine zusätzlichen Klamotten, keine Fahrkosten und wenn du stöhnfrei hast, kannst du nebenbei den Haushalt erledigen.« Auf diesen Kommentar konnte ich nun wirklich verzichten.

Zuhause angekommen, rief ich sofort Sina bei der Südwest Presse an. Sie arbeitete dort in der Redaktion.

»Das hätte ich sehen wollen«, wiederholte sie mehrmals, als ich ihr von meinem Reinfall erzählte. »Du bist doch kreativ und kommunikativ, ich könnte mir das gut bei dir vorstellen!«

»Vielen Dank auch! Und als Berufsbezeichnung hätte ich dann ›Verbalakrobatin‹ angegeben!«

»Genau, und Flavio hätte dich angelernt.«

»Nö, ich hätte die Männer vorab gewarnt, dass ich Azubi wäre und dass es etwas länger dauern könnte, bis sie … na, du weißt schon …« Ich räusperte mich verlegen. »… so weit sind.«

»Natze, Natze! Jetzt Spaß beiseite, mir fällt da was ein. Es ist schon eine Weile her.« Sina zögerte. »Es war eine Anzeige in der Zeitung, bei der hatte ich sogar an dich gedacht. Ich wusste allerdings nicht, dass es dir jetzt so ernst ist mit der Arbeitssuche.«

»Was war es denn?«

»Warte mal … es hatte was mit Malen zu tun.«

»Habe ich auch gelesen: Anstreicher gesucht.«

»Ha, ha. Quatsch, es hatte was mit Bildern zu tun. Warte mal … Jetzt hab ich es, es war eine Stelle in einer Galerie. Galerie Wolldoff oder so ähnlich.«

»Okay, das hört sich gut an!«

Kaum hatte ich den Hörer aufgelegt, da begann mein Handy zu klingeln.

»Hecht.«

»Nathalie, bischs du?«

An der Stimme erkannte ich Harrys Onkel.

»Ja, ich bin's.«

»Ah ja?«

Onkel Hans hatte die idyllisch an der Iller gelegene Landwirtschaft seiner Eltern übernommen. Nach jahrelangen Auslandsaufenthalten, vor allem in Afrika, hängte er aus Heimweh nach dem Ländle seinen Ingenieursberuf an den

Nagel. »Zu viel Sand, zu wenig Gras«, war seine Begründung. Harry allerdings vermutete hinter seiner plötzlichen Heimkehr eine Frau. »Zu wenig Kies, zu viele Ableger, würde ich sagen«, war sein Kommentar gewesen.

Chris war in allen Ferien für ein paar Tage oder sogar Wochen bei seinem Großonkel auf dem Hof und kam jedesmal glücklich und mit allerhand Geschichten zurück. Den ersten Tag nach seiner Rückkehr verbrachte ich mit Zuhören, den zweiten mit Waschen und Flicken und am dritten Tag arbeiteten wir beide an der Wiederherstellung der Verkehrssprache im Hause Hecht, da Onkel Hans unseren Sohn nachhaltig mit Schwäbisch und anderen Unarten infizierte.

»Ich bin in der Kardiologie.«

»Im Krankenhaus? Ist was passiert?«

»Noi, ich bin nur zu Besuch hier.«

»Wie: zu Besuch, kennst du da wen?«

»Jetzt scho.«

»Herrschaftszeiten, jetzt im Ernst. Sag endlich, was passiert ist!«

»I woiß es net.«

»Wie, du weißt es nicht?«

Es war zum Mäusemelken, wie jedes Telefonat mit ihm.

»I bin erscht im Krankenhaus wieder uffgwacht. Dr Poschtbote hat mi vor em Haus gfonde und dr Rettungsdienscht verschtändigt. Vielleicht 's Herz, hot dr Arzt gsagt. Die behaltet mi a paar Tag hier.«

»Oh je!«

»Wird scho net so schlemm sei, mir goht's wieder ganz guat. Aber d' Viecher, wer kümmert sich um die, ond 's Gmüs … und d' Beera?«

»Bären?«

»Ja, die sen fällig.«

»Fällig? Für was?«

»Zum Verkaufa, und dr Rescht muss eikocht werda.«

»Ach so, *die* Beeren. Sag's doch gleich.«

»Han i doch gsagt. Bitte, Nathalie, ihr müsset rausfahre ond eich um älles kümmra!«, jammerte er.

»Ja, ja, natürlich, mach dir keine Sorgen. Was muss man tun?«

So schnell konnte es gehen. Kaum suchte ich Arbeit, schon fand sie mich. Insgeheim stöhnte ich, das passte mir gerade gar nicht ins Konzept!

»Du musch Futter im Dorflade und in dr Bäckerei hole. Die Sache, die die nemmer verkaufe kennat.« Onkel Hans schnaufte. »D' Schoof und d' Ziega sind no in ihre Ställ. Dia müsset bloß auf d' Woid, do fressat se dann selber.«

»Und den anderen muss man vorkauen?«

Er fuhr unbeirrt fort: »Die Jacob Sisters brauchet zusätzlich Kraftfutter, wenn ihr se obads zum Melka in dr Stall treibat.«

»Die Jacob Sisters?«

»Des sind meine Küah. D' Hasa fressed d' Möhra roh! Für d' Saua müsset ihr se kocha und a paar Kartoffel zuageba.«

»Und was geb ich den Hühnern?«

»Dr Sack mit 'm Futter stoht im Stall. Du musch morgens ond obads füttra. Und vergiss d' Oier net.«

»Die fressen ihre eigenen Eier?«, scherzte ich.

»Deine Frühstücksoier«, antwortete er und lachte das erste Mal wieder.

Das beruhigte mich.

»Mach dir keine Sorgen, wir kriegen das schon geregelt.«

»Danke, Nathalie, i woiß, dass i mi auf eich verlassa ka. Aber jetzt muss i Schluss macha, d' Schweschter stoht scho neba mr und will mi mitnehma und mi in a Rohr schieba.«

»Gut, wir reden morgen nochmal miteinander. Tschüss und gute Besserung!«

»Wir kriegen das schon geregelt«, hatte ich gesagt. Aber *wir* war nicht möglich. Harry hatte einen Geschäftstermin und Chris musste in die Schule. Konnte ich das alleine bewältigen? Niemals! Ich brauchte Hilfe! Sina!

Kapitel 2 | *Sina*

»Weißt du, wie eine Melkmaschine funktioniert?«, fragte ich Nathalie.

»Wie 'ne Milchpumpe!«

»Super, dann ist das Melken *dein* Job.«

Ich hatte mit Freude an meinen freien Tag einen Urlaubstag gehängt, um Nathalie zu helfen. Der Hof bei Kirchberg an der Iller war ein wunderschöner Flecken Erde. Selbst das Arbeiten dort erschien mir Erholung zu versprechen. Außerdem freute ich mich auf die gemeinsame Zeit mit Nathalie. Chris, der gern nachgekommen wäre, war mit seinem Vater auf einem Jugendfußballturnier.

»Woisch, mei Mannschafd braucht mi dringender als ihr«, hatte Chris sich entschuldigt.

»*Das* sind unsere Melkmaschinen«, sagte Nathalie und machte eine pumpende Geste mit ihren Händen.

»Alle Jacob Sisters mit der Hand melken? Kannst du überhaupt melken?«

»Draufdrücken und abstreifen«, war die ganze Erklärung.

»Und vorher vielleicht noch einen Eimer darunterstellen«, ergänzte ich.

»Richtig, wo sind Eimer und Stuhl?« Nathalie sah sich suchend um.

»Da hinten ist ein Schemel, allerdings ziemlich ramponiert, nur ein Bein.« Ich drückte ihn Nathalie in die Hand. »Du zuerst.«

»Nö, du.«

»Na gut.« Ich stellte den einbeinigen Schemel und den Eimer in Position.

»Rosi, sei schön brav und lass laufen.«

Vorsichtig umfasste ich eine Zitze und zog daran. Ohne Ergebnis. Ich zog etwas fester. Nichts.

Nathalie fing an zu kichern. »Du hast zu kalte Hände.«

»Meinst du?«

Ich rieb meine Hände aneinander und pustete hinein. Auch weiteres Zerren am Euter brachte keinen Tropfen.

»Lass mich mal.« Nathalie nahm mir den Hocker ab, prüfte, ob der Eimer richtig stand, und mit einem geübten Griff prasselte der erste Strahl hinein. Der zweite an meine Gummistiefel.

»Nicht die Zitzen knicken!«, rief ich.

»War Absicht, ich kann melken«, sagte Nathalie und schaffte drauflos.

Ich fuhr zum Dorfladen und zur Bäckerei, um die aussortierten Sachen für die Tiere abzuholen.

»Wer soll nun die rohen Möhren bekommen und wer die gekochten?«, fragte ich Nathalie und stellte das Gemüse und die Backwaren vor die Stalltür.

»Ich glaube, für die Schweine müssen wir sie kochen und die Hasen fressen sie roh. Sind ja Nager.«

»Aber nun sind erst mal wir an der Reihe. Ich hab Hunger!«, sagte ich.

»Mich machen aber momentan gar keine Möhren an«, maulte Nathalie.

»Ich dachte auch eher an eine deftige Brotzeit und trinken muss ich auch was. Und danach ruf ich Martin an und frag ihn, was wir noch alles wissen müssen. Wozu habe ich einen Tierarzt zum Freund?«

»Mach das. Und dann müssen wir uns um die Hühner kümmern und die Katzen.«

»Keine Panik, Natze. Eins nach dem anderen. Wir haben noch gar nicht die wunderbare Aussicht hier genossen«, schwärmte ich und ließ mich auf die Gartenbank fallen.

Wolkenloser Himmel, immer noch wärmte die Sonne, die schon sehr tief stand. Es roch nach frischem Gras, nach Rosen und ein bisschen nach Kuhstall. Man konnte die roten Äpfel an den Bäumen in der Streuobstwiese sehen, auf der Weide die grasenden Schafe und das Glitzern der Iller. In dem kleinen umzäunten Bauerngarten wiegten sich die Stockrosen leicht im Wind. Das leise Bimmeln der Glöckchen, die die Ziegen umhatten, sorgte für eine Stimmung wie in einem Heimatfilm.

»Schau dich hier mal um, ist das nicht eine Idylle? Genau so etwas würde mir gefallen und dazu ein Stall voll Kinder«, seufzte ich.

»Also, dann ab aufs Land«, ermunterte mich Nathalie.

»Leider sieht Martin das anders. Nach der Arbeit in der Tierklinik hat der null Bock auf alles mit vier Beinen oder Gefieder. Und schon gar nicht auf Kindergeschrei.«

»Hat er das so gesagt?«

»Na ja, eigentlich ziemlich genauso oder ähnlich.«

»Ach was!« Nathalie starrte grübelnd ins Weite. Nach einer Weile sagte sie: »Das hätte ich nicht von ihm gedacht. Er kann doch gut mit Kindern, oder zumindest mit Chris.« Sie zögerte kurz. »Das ist ein grundlegendes Thema. Wenn die Routenplanung so unterschiedlich ist, solltest du dir ernsthaft Gedanken machen. Es nützt ja nichts, wenn du ihm eine Familie aufschwatzen musst.«

Da hatte sie recht. Aber darüber wollte ich jetzt nicht nachdenken.

»So konkret war das ja gar nicht. Ich ruf ihn gleich an.«

»Was? So was bespricht man doch nicht am Telefon!«

»Nein, wegen der Schafe. Und du schaust derweil, was der Kühlschrank von Onkel Hans hergibt.«

Ich wählte Martins Nummer. »Martin, ich bin's. Ich weiß, es ist schon das dritte Mal heute, aber hast du noch mal zwei Minuten?«

Martin stöhnte und sagte: »Sina, das Wartezimmer ist gerammelt voll.«

»Es ist aber wichtig!«

»Eine Minute«, sagte er knapp.

»Ab jetzt?««
»Fünfundvierzig Sekunden.«
»Uh, äh, was wollte ich denn jetzt?«
»Sina!«
»Äh ja, äh, ach ja, äh. Kann man Schafe und Ziegen zusammen in ein Gatter sperren?«
»Warum nicht?«, raunzte er.
Oha. Der hatte echt Stress.
»Gut, und ...«
»War's das?«
»Eigentlich schon«, antwortete ich. »Erstmal«, schob ich noch hinterher.
»Untersteh dich!«, sagte er dann doch lachend.
»Sinalein, Essen ist fertig! Es gibt Käsebrot mit Gurke!«, rief Nathalie von weitem und kam mit einem Tablett auf mich zu.
Nach einem Blick auf den Teller sah ich sie fragend an. Ein kleines, trockenes Scheibchen Brot lag darauf und selbst der liebevoll drapierte Käsewürfel mit halbem Cornichon machte daran nichts besser.
»Wir dürfen nicht wählerisch sein. Mehr war nicht drin.« Schulterzuckend fuhr Nathalie fort: »Hier fehlt eben eine Frau im Haus.«
Plötzlich fiel mir etwas ein. Unser Abendessen stand doch vor der Stalltür!
»Bin gleich wieder da.«
Aus der Steige mit den Backwaren fischte ich ein halbwegs frisches Baguette und in der Gemüsekiste fand ich eine Avocado.
»Jetzt fressen wir schon den Schweinen das Futter weg!«, sagte Nathalie kauend.
»Und Getränke?«
Fröhlich schwenkte sie zwei Teebeutel.
»Blasen- und Nierentee? Das passt zu deinem Menü. Ich hätte lieber ein Bier.«

»Hab noch keine Getränke gefunden. Sollen wir suchen gehen?«

Noch kauend gingen wir ins Haus.

»Warst du schon im Keller?«, fragte ich Nathalie.

»In Küche und Keller ist Ebbe.«

»Wo ist denn die Speis?«, fragte ich und schaute mich um.

Nathalie stieß eine Tür auf. »Waschküche.«

Hinter der Tür, die ich anschließend öffnete, befand sich eine Rumpelkammer.

»Sina, komm mal schnell!«, rief Nathalie, die eine dritte Tür geöffnet hatte.

»Bier und Wein gefunden?«

»Könnten wir jetzt bestellen«, sagte sie, als ich eintrat, und zeigte auf den eingeschalteten Computerbildschirm. »Der läuft noch. Schau mal. Wonach sieht das für dich aus?«

»Klassentreffen? Geburtsjahrgang vor dem Krieg. Mädchenschule«, riet ich.

Frauen in den besten Jahren lachten uns entgegen.

»Lies mal.«

»›Fesche Astern‹ … Was soll denn das sein?«

»Na, ne Partnerseite. Fesche Aschtern.«

»Isch ja luschtig. Fesche Aschtern.«

»Der Vogel lässt das Balzen nicht«, meinte Nathalie kopfschüttelnd.

»Ist doch süß.«

»Was ist denn daran süß? In seinem Alter!« Nathalie war konsterniert.

»Du jammerst doch die ganze Zeit, dass hier eine Frau fehlt.«

»Ja, zum Arbeiten!«

»Nathalie, entspann dich. Auch Onkel Hans hat noch …«

»Sina, ich will das nicht hören!« Sie drückte ihre Hände auf die Ohren.

»Sollen wir uns mal seine Favoritinnen anschauen?«, fragte ich und wollte gerade nach der Tastatur greifen.

»Nein, das geht zu weit.« Nathalie klopfte mir auf die Finger. »Komm, wir schalten aus und suchen weiter nach den Getränken.«

»Hab ich schon gefunden. In der Rumpelkammer steht ein halber Kasten Bier.«

Nachdem wir die restlichen Tiere versorgt und lauwarmes Bier getrunken hatten, fielen wir abends wie Steine in unsere Betten. Das Bettzeug hatten wir uns im Haus zusammengesucht und das Doppelbett im ehemaligen Elternschlafzimmer bezogen. Schwere Federbetten drückten uns auf die Rosshaarmatratzen. Die Metallfedern der Roste quietschten bei jeder Drehung. Konzentriert darauf, uns deshalb so wenig wie möglich zu bewegen, schliefen wir ein.

»Sina, Frühstück!«

Gähnend kam ich in die Küche. Nathalie stand mit einer Pfanne in der Hand am Herd.

»Ist noch was aus der Schweinekiste übrig?«, fragte ich.

»Wir haben für jeden sechs frische Eier. Habe ich den Hühnern entrissen.«

»Spiegeleier! Lecker! Aber trinken will ich nichts.«

»Bier ist eh alle.« Nathalie grinste.

»Wie kann man morgens schon so lustig sein? Vor allem wenn man weiß, dass ne Tonne Gemüse gepflückt werden muss!«

»Beeren sind kein Gemüse.«

»Oh Mann, die Beeren sind ja auch noch fällig!« Mir tat noch alles weh von gestern. »Was machen wir eigentlich mit dem ganzen Zeug?«, fragte ich.

»Erinnere mich, dass ich das Onkel Hans noch fragen muss.«

»Okay! Und du erinnerst mich daran, dass ich heute noch zu Oma Hilde muss.«

»Dann kannst du ihr ja ein Körbchen Beeren mitnehmen.«

Ich horchte auf. »Mensch, Natze! Das ist die Idee! Wir karren das ganze Zeug in die Seniorenresidenz! Die freuen sich über frisches Biogemüse!«

Nathalie hielt in ihrer Bewegung kurz inne. »Das ist die Lösung!«, sagte sie und schob die Eier auf die Teller.

Beere für Beere wanderte in meinen Eimer. Vorsichtig legte ich eine neben die andere. Die Beerensträucher, die die Grenze zwischen dem Stall und der Streuobstwiese bildeten, waren übervoll mit Früchten. Der vergangene feuchtwarme Frühsommer versprach eine üppige Johannis- und Stachelbeer-Ernte.

»Die Schafe!« Nathalie kam schreiend angerannt. »Die Schafe! Sie sind weg!«

»Wie, die Schafe sind weg?«

»Ziegen da. Schafe weg.«

»Gibt's doch gar nicht! Hast du richtig geschaut?«

»Wie klein kann so ein Schaf sein? Ich bin doch nicht blöd!«

Wir liefen beide ums Haus zu der Schafweide hinter dem Stall.

Tatsächlich. Nur die paar Ziegen. Weit und breit kein einziges Schaf mehr!

»Shit.«

»Das Gatter ist zu, der Zaun ist ganz. Wo sind die hin?«, fragte Nathalie und schaute ratlos um sich. »Nicht, dass die jemand geklaut hat!«

»Du rufst jetzt Onkel Hans an«, sagte ich und hielt ihr mein Handy hin. »Es gibt bestimmt eine ganz plausible Erklärung. Vielleicht hat er sie verliehen. So was gibt es.«

Das hoffte ich zumindest.

Nathalie wählte eine Nummer und stellte den Lautsprecher an, damit ich mithören konnte.

»Onkel Hans?«

»Ja, Nathalie, schee, dass i von dir was hör! Lauft alles?«

»Wir haben Verluste«, sagte Nathalie kleinlaut.

»Was für Verluschte?« Onkel Hans klang alarmiert.

»Die Schafe sind verschwunden!«

»Was isch denn heit für an Dag?«

»Spielt das eine Rolle?«, fragte Nathalie verwundert.

»Doch, wenn heit dr Fünfte isch, dann hot se dr Schoofscherer gholt. 's Veterinäramt hot empfohla, d' Schoof im Sommer zu schera. Denn it bloß d' Hitz, sondern au d' Parasita, die sich im dicka Fell einnischtet, kennat meim Wollvieh z' schaffe macha.«

»Wer ist Wolfi?«

»Wollvieh. Dia Viecher, die Woll gebbet , du Schoof.«

Nathalie seufzte erleichtert. »Gott sei Dank! Das wird's sein. Gute Besserung weiterhin, Onkel Hans!«

Abends brachte der Schafscherer die Herde zurück.

»Sind das unsere Schafe? Die sind ja ganz mager.«

»Sie gingen als Calmund und kamen als Klum«, antwortete Nathalie trocken. »Komm, das schauen wir uns mal genauer an.«

»Du, die sind ja nicht nur dünner, die sind zerkratzt.«

»Tatsache. Das hier blutet.«

»Oh je, was machen wir da, muss man die behandeln? So eine Art Wundversorgung?«

»Meinst du ein Pflaster?«

»Das hält doch nicht auf den Stoppeln.« Nathalie schüttelte den Kopf.

»Stimmt, aber so können wir es doch nicht lassen.«

»Noi, goht gar net.«

Vor Aufregung verfiel Nathalie ins Schwäbische. Sie sah mich auffordernd an.

»Auf keinen Fall! Noch eine Abfuhr von Martin pack ich nicht.«

»Aber einen kranken Mann können wir doch nicht schon wieder belästigen. Das mit den Schafen war schon aufregend genug. Für uns alle.«

»Was machen wir dann? Wer weiß, was da passieren kann! Wundbrand! Oder sie verbluten sogar!«

»Keine Ahnung!«

»Meinst du, ein Apotheker wüsste so was?«

»Bachblüten, Globuli, Rescue-Tropfen. Das dauert zu lange. Und denk an die Erstverschlechterung.«

»Was für den Menschen gut ist, kann auch dem Tier nicht schaden. Ich ruf Friedrich an.«

Friedrich von Lumbritz hatte eine Apotheke und musste damit medizinische Kenntnisse haben.

»Gute Idee«, stimmte Nathalie zu, »der weiß so was.«

Friedrich, Spitzname Lumbri. Seine reckenhafte Erscheinung und sein ausgeprägter Gerechtigkeitssinn, gepaart mit einer außergewöhnlichen Intelligenz, hatten ihn in eine aufregende Pubertät getrieben. Rebellion war sein Programm, dabei war er der liebenswürdigste Kerl auf Erden.

Für seine Eltern mit Sinn fürs Bürgerliche musste es die Hölle gewesen sein. Schweren Herzens hatten sie deshalb ihr einziges Kind und Apotheken-Erben ins Internat gegeben. Dort waren wir uns begegnet und standen viele Jahre Seite an Seite. Beide hatten wir danach in Freiburg studiert und uns dort eine Bude geteilt. Er kümmerte sich rührend um den Haushalt und um mich. Sein Pharmaziestudium schmiss er mit links und übernahm nach seinem Abschluss die Apotheke in Memmingen.

Wir hatten seither aber immer in Kontakt gestanden, wobei sich die Intensität unserer Freundschaft oft nach meinem jeweiligen Beziehungsstand richtete. Sozusagen vor allem intensiv in schlechten und in ganz schlechten Zeiten, was mich betraf. Es wunderte mich zwar manchmal, dass ich so oft in eine seiner Beziehungslücken passte, aber inzwischen war das so selbstverständlich für mich geworden, dass ich nie ernsthaft hinterfragte, warum er immer Zeit für mich zu haben schien.

Seit mein Freund Martin aus Amerika zurück war, hatte sich unser Kontakt auf ein monatliches Bier in Memmingen oder Ulm beim Barfüßer beschränkt.

Als ich ihn anrief und die Situation schilderte, ließ er sich nicht davon abhalten, die Patienten persönlich anzuschauen. Ich fand es zwar reichlich übertrieben, von Memmingen bis hierher zu fahren, nur um ein paar »verschärrede« Schafe anzuschauen. Nathalie allerdings fand das rührend.

Spätnachmittags fuhr er auf den Hof.

»Genau zur Stoßzeit, da kann er gleich beim Misten und Füttern helfen«, freute sich Nathalie.

»Du kannst gleich mit anpacken«, begrüßte ich meinen Apotheker.

»So kenn ich meine Sina, nicht lange fackeln, Tatsachen auf den Tisch«, sagte er und küsste uns beide zur Begrüßung. »Wo sind die Verwundeten?« fragte er und sah sich suchend um. »Ich hab Medikamente dabei.«

»So eilig ist es nicht«, sagte ich, drückte ihm eine Mistgabel in die Hand und zeigte mit dem Kopf Richtung Kuhstall.

Eigentlich hatte ich einen Spaß machen wollen, aber Friedrich stapfte sofort los.

»Raffiniert. Deine Arbeit hast du an den Mann gebracht.«

Ich grinste. »Die nächste kann er dann für dich tun.«

Nathalie schaute ihm hinterher, spitzte die Lippen und sagte: »Ich wüsste da schon was.«

»Spinnst du, Natze? Wenn überhaupt, dann ist das ja wohl mein Bekannter.«

»Du interessierst dich doch nicht für ihn, hast du immer gesagt.«

»Das heißt noch lange nicht, dass du sein Popöchen bewundern darfst. Du bist verheiratet! Ich bin entsetzt!«, rief ich mit gespielter Entrüstung und schaute ihm ebenfalls hinterher.

Es stimmte, sein Hinterteil war einfach knackig.

Friedrich mistete nicht nur den Kuhstall aus, er schnappte sich noch den alten Fendt und mähte die Wiese.

»Wer arbeitet, muss auch essen«, sagte Nathalie am Abend und tischte richtig auf. Sie hatte nach der gestrigen spartanischen Brotzeit den Dorfladen leergekauft. Selbst Kerzen und Blümchen fehlten nicht. Mit Schwung öffnete sie eine Flasche Rotwein.

»Von Wein habe ich keine Ahnung, aber der hatte das schönste Etikett«, sagte sie und zeigte auf ihren Einkaufskorb, aus dem zwei weitere Flaschen spitzten.

»Das kommt alles genau richtig, ich hab einen Bärenhunger«, sagte Friedrich.

»Und ich einen Saudurscht«, fügte ich hinzu.

Friedrich setzte sich auf die Bank, streckte seine Beine von sich, verschränkte die Arme hinter dem Nacken und schwärmte: »Hier lässt es sich doch leben.«

»Und arbeiten«, stellte Nathalie nüchtern fest.

»Arbeiten muss man überall«, antwortete er. »Aber hier macht es wenigstens Spaß.«

»Mehr als in der Apotheke?«, fragte ich.

»Na ja, ich bin an einem Punkt, an dem ich mich verändern will«, fuhr er fort. »Den ganzen Tag in der Apotheke, das ist mir zu wenig Natur. Zu viel Chemie. Und die Kundschaft kann auch nerven. Mannomann!«

»Hast du ja noch nie so hören lassen«, wunderte ich mich. Davon, dass die Kunden ihn nervten, hatte er noch nie erzählt. Ich hatte immer gedacht, die Apotheke wäre sein Ein und Alles.

»Noch suche ich Alternativen, bis dahin muss ich durchhalten.«

»Darauf trinken wir«, sagte Nathalie und hob ihr Glas.

Nach dem Essen saßen wir um ein Lagerfeuer, das Friedrich mit viel Freude und noch mehr Mühe am Illerufer entfacht hatte. Ferienlagerromantik machte sich breit. Temperaturen wie im hochsommerlichen Spanien. Funkelnde Sterne. Sprühende Funken.

Nathalie hatte sich telefonisch versichert, dass es Harry und Chris gut ging und ihnen die Erlaubnis gegeben, mit Chips und Cola auf dem Sofa vor der Glotze zu lümmeln.

Warum hörte ich von Martin nichts? Hatte ich ihn mit meinen Fragen so verärgert, dass er sogar unser Ritual sausen ließ? Immer wenn wir getrennt waren, rief er mich spätabends an und wünschte mir eine gute Nacht. Das hatte immer eine große Bedeutung für uns gehabt. Es war schon merkwürdig, dass er sich wegen ein paar nervigen Fragen von mir nicht meldete.

»Also, Leute, ich geh jetzt in die Kiste«, sagte Nathalie irgendwann und gähnte. »Und du, Friedrich, fährst auf keinen Fall mehr Auto«, drohte sie und schüttelte ihren Schimpfefinger.

»Wo hast du denn für mich eingestreut?«

»Du findest schon ein Plätzchen.«

»Ging es gestern noch lange bei euch?«, fragte Nathalie am nächsten Morgen mit einem Grinsen, als sie mein schlaftrunkenes Gesicht sah.

Friedrich war schon früh nach Memmingen abgefahren.

»Wir haben noch ausgetrunken und dabei weiter alte Geschichten ausgegraben.«

»Muss damals ne tolle Zeit gewesen sein. Ich hab euch kichern gehört.«

»Unvergesslich«, sagte ich. »Er ist so witzig und unterhaltsam. Die Art, wie er alte Kamellen zum Besten gibt, ist unvergleichlich. Ich hab mir fast in die Hose gemacht vor Lachen.«

Was ich Nathalie nicht beschreiben konnte, war, dass unsere Gespräche und der vertraute Umgang mit Friedrich eine Sehnsucht in mir ausgelöst hatten, die mich selber überraschte.

Wie oft bei unseren Treffen hatte er hin und wieder, ganz selbstverständlich, meine Hand genommen. Berührungen die mich plötzlich elektrisierten. Das konnte doch nicht sein!

Doch es war so!

Die Voltzahl erhöhte sich sogar allmählich.

Wir saßen bis zum Morgen, bis die Sonne aufging. Er gab mir einen zärtlichen Kuss, der lange auf der Stirn brannte …

Mir ging heute nur eine Frage durch den Kopf: Was wäre, wenn? Stopp, was passierte da mit mir?

Nathalie holte mich in die Gegenwart zurück. »Wie geht's denn den Schafen?«

»Mist! Die haben wir ganz vergessen!«

»Kannst beruhigt sein. Ich hab schon nach ihnen geschaut. Die Stellen sahen gestern viel schlimmer aus. Die Schafe sind okay. Onkel Hans übrigens auch, der hat mich angerufen, dass er morgen nach Hause kommt. War offenbar nur eine kleine Schwäche.

Kapitel 3 | *Nathalie*

Wieder zu Hause, suchte ich in der Bananenkiste die Zeitung mit dem Inserat, von dem Sina gesprochen hatte. *Stundenweise Mithilfe in Kunstgalerie Folldow gesucht.* Das musste die richtige Anzeige sein. Das Inserat war allerdings schon vor drei Wochen erschienen und die Stelle war sicher längst vergeben. Dieses Mal war zumindest eine Telefonnummer angegeben, und so entschied ich mich, morgen früh dort anzurufen. Auf einen Tag kam es jetzt nicht mehr an. Vor allem sollte dieses Mal Harry Bescheid wissen.

Nachdem ich es seit 8 Uhr halbstündlich versucht hatte, meldete sich schließlich beim fünften Versuch eine weibliche Stimme.

»Galerie Folldow, Folldow am Apparat, guten Tag.«

»Guten Tag, Frau Folldow, mein Name ist Hecht. Sie hatten eine Hilfe für Ihre Galerie gesucht. Ich bin leider erst jetzt auf Ihre Anzeige gestoßen. Die Stelle ist sicherlich schon besetzt?«

»Nein, die Stelle ist wieder … äh, also noch frei. Wenn Sie sich dafür interessieren, wäre es am besten, Sie würden vorbeikommen.«

Super, das war doch schon die Einladung zum Bewerbungsgespräch!

»Welche Voraussetzungen müsste ich denn mitbringen für die Arbeit in einer Kunstgalerie?«

Ich wollte erst ein wenig vorfühlen, um nicht erneut einen Reinfall zu erleben.

»Na ja, eine gepflegte Erscheinung wäre absolute Voraussetzung«, entgegnete Frau Folldow nach einer kurzen Pause, »und natürlich ein gewisses Maß an Kunstverständnis.«

Das »gepflegte Äußere«, jetzt kam es also …

»Sie suchen nicht etwa ein Aktmodell?«

»Wie kommen Sie denn darauf? Also, wenn Sie so was meinen, dann sind Sie bei mir verkehrt«, klang es etwas pikiert.

»Nein, nein, ich dachte nur … Ach, wissen Sie was, ich komme doch am besten bei Ihnen vorbei. Wann würde es denn passen?«

»Jetzt gleich!«

»Oh!«

»Also, wenn Sie nicht so flexibel sind …«, Frau Folldow zögerte, »dann sieht es in nächster Zeit schlecht bei mir aus.«

Ich hörte Papier rascheln, sie schien in ihrem Terminkalender zu blättern, und ein gemurmeltes »Friseur« und »Kosmetik«.

»Nein, das passt schon, ich kann in 45 Minuten bei Ihnen sein.« Ich hatte schon mal im Telefonbuch die Seite mit den Galerien aufgeschlagen. »Es ist doch richtig, Sie sind in der Nähe des Rathauses, ich lese hier gerade Ihren Namen.«

»Genau, also bis gleich«, sagte sie zackig.

»Ja, bis …« *Der Teilnehmer hat aufgelegt,* erschien auf meinem Display »… gleich«, sagte ich in den Hörer, aus dem mir nur noch ein »Tuuuut« entgegenkam.

War das nun ungestüm oder schon unhöflich? Ich hatte keine Zeit, mir darüber Gedanken zu machen. Ich musste in einer halben Stunde fertig gestylt das Haus verlassen!

Fünfundzwanzig Minuten später stand ich im Hosenanzug, weißer Bluse, Sonntagsuhr und schwarzer Lackledertasche gepudert vor dem Spiegel und fühlte mich super.

Super unwohl.

Ich sah aus wie eine gefälschte Empfangsdame im Luxushotel. Das Make-up und die korrekte Frisur taten ihr Übriges.

Genau 50 Minuten nach dem Telefonat hatte ich das Auto gegenüber der Galerie Folldow geparkt. Ich betrat den

Laden und spürte gleich ein gewisses Wohlgefühl zwischen all den Bildern und Kunstgegenständen.

Sofort stakste eine aufgetakelte Frau, ich schätzte sie so um die sechzig, aus einem Nebenzimmer auf mich zu. Sie hatte ihre Haare hochtoupiert, war kräftig geschminkt und trug ein rotes Kostüm. Ihre schwarzen Lederpumps kämpften auf beiden Seiten gegen enorme Hallux-valgus-Zehen. Sie hielt einen Arm angewinkelt und klopfte mit der andern auf ihre Uhr am Handgelenk. Sie freute sich wohl, dass ich so schnell kommen konnte.

»Guten Tag, Frau …«

»Hecht, Nathalie Hecht«, sagte ich und streckte ihr die Hand entgegen.

»Habe mir schon gedacht, dass das nicht zu schaffen ist mit den 45 Minuten!«

Frau Folldow blickte mich triumphierend an, als hätten wir darauf eine Wette abgeschlossen. Meine Hand ignorierte sie, dafür scannte sie mich mit ihrem Blick von den Haarspitzen bis zu den Schuhen. Ihre Mimik signalisierte mir »durchgefallen«. Hätte ich mich nur nicht so rausgeputzt, ich hätte wissen müssen, dass es ein Problem für manche Frauen ist, wenn man ihnen optisch auf Augenhöhe begegnet.

»Also, Frau Hering, machen wir es kurz.«

»Hecht.«

»Bitte?«

»Ich heiße Hecht.«

»Ja, also, wie gesagt, die Stelle ist noch unbesetzt und ich würde Sie nehmen.«

»Ähm …«

»Ich würde Sie geringfügig beschäftigen und Ihre Arbeitszeiten würden sich nach meinem Bedarf richten. Ach ja, und natürlich auf Abruf.«

Klang wie wenig Verdienst, allzeit bereit und mit offenem Arbeitsende.

»Ja, und was genau erwarten Sie von mir?«

»Ich erwarte, dass Sie flexibel, belastbar und gewissenhaft sind, eine rasche Auffassungsgabe und eine gute Merkfähigkeit haben. Und natürlich Teamfähigkeit. Das ist alles, was ich erwarte.«

»So würde ich mich beschreiben.« Ich nickte und straffte meine Schultern. »Wie viele Angestellte haben Sie denn?«, hakte ich wegen der Teamfähigkeit nach.

»Bis jetzt nur Sie, aber ich möchte expanieren.«

Expanieren? Zauberte sie aus einem Wiener Schnitzel ein Schnitzel natur? Gebildet schien sie wohl nicht gerade zu sein!

»Und was wäre nun meine eigentliche Arbeit?«

Leicht genervt machte ich einen letzten Versuch zu erfahren, was es hier nun konkret für mich zu erledigen gab.

»Das Wichtigste wäre mir, dass Sie den Verkaufs- und Ausstellungsraum pflegen.«

Aha! Pflegen, das Synonym von putzen.

»Und das Zweitwichtigste wäre was?«

»Die komplette Büroarbeit eben. Ich hab's nicht so mit Computern. Organisation ist gleichfalls nicht mein Ding, ach ja, und die Buchführung, die vielen Zahlen. Und dann dauernd das Telefon!«

Ich traute mir schon wenig zu, doch jetzt outete sich Frau Folldow: Sie konnte »nichts« noch viel besser als ich!

»Und in der Zeit, in der es wenig zu tun gibt, können Sie gerne Privates erledigen.«

»Echt, Sie meinen … ich könnte …«

»Ja, eventuelle Erledigungen, oder wenn es etwas zu bügeln gibt … was halt immer so anfällt. Wissen Sie, ich habe in der Etage darüber noch eine Zweitwohnung und Hausarbeit ist so aufreibend. Der Stress, den man dabei hat, schwächt das Immunsystem. Zudem ist er noch schlecht für die Haut.« Sie spreizte die Finger ihrer beiden ringbeladenen Hände und blickte zufrieden auf ihre langen, rotlackierten Fingernägel. »Im Haus draußen habe ich für meinen Mann und mich Personal, doch für oben konnte ich noch niemanden finden.«

Flavio, ich hab's mir überlegt, war mein erster Gedanke.

»Könnte ich dann während des Bügelns eventuell telefonieren?«, scherzte ich.

Sie zögerte. Ironie schlug wohl ebenfalls bei ihr nicht an.

»War nur Spaß, vergessen Sie's. Wann könnte ich denn anfangen?«

»Von mir aus heute Nachmittag.«

Das meinte sie ernst!

»Könnten Sie mir noch fünfzehn Sekunden Bedenkzeit geben?«, fragte ich genauso ernsthaft zurück.

»Nehmen Sie sich alle Zeit, die Sie brauchen, Frau Hecht. Es sind noch zehn Minuten bis zur Mittagspause.«

Also, eines musste ich Frau Folldow lassen: Sie verkaufte sich nicht als Katze im Sack. Es kam sofort und unmissverständlich bei mir an, dass sie von der ganzen Sache hier keine Ahnung hatte. Auch nicht schlecht, so konnte sie mir zumindest nicht in meine Arbeit quatschen. Ich ließ mir noch das Büro zeigen und nahm mir dann Zeit für den Ausstellungs- und Verkaufsraum. Er hatte große Fenster, einen gepflegten Holzfußboden, die Wände waren in einem warmen Weiß gestrichen und die angebrachten Lampen gaben wunderbares Licht. Die ausgestellten Bilder und sonstigen kunsthandwerklichen Exponate strahlten eine Ruhe aus, die mich sofort gefangen nahm. Als Hobbymalerin liebte ich natürlich Kunst und bewunderte Menschen, die mit Farbe, Glas, Metall, Holz oder welchem Werkstoff auch immer kreativ umgehen konnten. Es musste doch wunderbar sein, von solchen Dingen umgeben zu sein. Hier gehörte ich her!

Eine Hürde musste ich aber noch nehmen: Lohn und Arbeitszeit. Diesmal hatte ich Harry gleich in mein Vorhaben eingeweiht und musste prompt seine spezielle persönliche Verhandlungsschule durchlaufen. Er konnte diesen für mich riesigen Schritt in die Arbeitswelt aber nur rational und kein bisschen emotional sehen.

»Du musst deine Forderung hoch ansetzen, zurückrudern kannst du immer noch«, hatte er mir geraten. »Das ist nämlich eine ganz einfache Rechnung: Arbeitsstelle bedeutet mehr Geld für Klamotten und höhere Benzinkosten und mehr Geld fürs Essen, denn dann wird die Zeit fürs Kochen knapper und man holt mal eben schnell was Fertiges. Rechnet man das durch, bleibt ein Stundenlohn, für den kein Schüler je einen Prospekt austragen würde. Und das wollen wir doch nicht, oder, Nathalie?«

»Nein, das wollen *wir* nicht«, hatte ich auf diese Vorabdemontage nur geantwortet.

Er hatte natürlich recht, es sollte dabei schon was hängen bleiben, deshalb ging ich die Sache ganz forsch an.

»Frau Folldow, ich nehme die Stelle. Aber ich bin keineswegs bereit, auf Abruf zu arbeiten, das hieße ja, ich hätte so etwas wie ›Bereitschaft‹, das kann ich leider nicht bieten. Freilich ist jeder Wochentag vormittags bis zwölf nach Absprache möglich. Und Hausarbeit muss ich leider ebenfalls ausschließen, natürlich werde ich die Galerie samt Büro so weit als möglich in Ordnung halten. Ich habe mir achtzehn Euro in der Stunde vorgestellt und würde zum nächsten Ersten anfangen.«

Harry wäre jetzt stolz auf mich!

Frau Folldow, die inzwischen am Schreibtisch saß und in irgendwelchen Papieren wühlte, blickte auf und sah mich entgeistert an. Sie pumpte sich geradezu auf.

»Also, Frau Hecht, es tut mir leid, darauf kann ich nicht eingehen. Ich muss zumindest auf nächste Woche Montag als Arbeitsbeginn bestehen, es steht demnächst eine Vernissage an. Bis dahin habe ich dann Ihren Vertrag vorbereitet. Um den Personalkram kümmert sich mein Mann.«

»Und die Punkte Arbeitszeit und Entlohnung werden wie gerade besprochen im Vertrag aufgenommen«, ergänzte ich vorsichtig.

»Das ist kein Problem«, winkte sie gönnerhaft ab.

Ich freute mich und gleichzeitig war mir ein wenig mulmig. War diese schnelle Entscheidung richtig? Auf jeden Fall würde ich hier so lange arbeiten, bis ich mir ein Wellness-Wochenende mit Sina und einen Thermomix verdient hatte.

»Also gut, ich komme am Montag. Welche Uhrzeit wäre Ihnen recht?«

»Wenn sie so um zehn anfangen könnten.« Sie blickte mich leidend an. »Ganz gegen meinen Biorhythmus. Wenn ich so früh raus muss, was soll ich sagen, da komme ich dermaßen aus der Balance!«

»Verstehe, dann sind Sie nicht so quietschfidel wie sonst«, entfuhr es mir.

»Ich werde Ihnen dann zukünftig einen Schlüssel überlassen, damit ich unabhängig von Ihnen kommen kann.«

Ironie schien sie wirklich nicht zu verstehen oder sie hatte nicht zugehört. Ihre Balance war offensichtlich schon beim Gedanken ans frühe Aufstehen gestört.

»Gerne.« Ich lächelte sie an.

»Ach, und noch was, Frau …«

War die so zerstreut, oder verarschte die mich nur? Dieses Mal half ich ihr nicht, den passenden Fisch zu finden.

»Wäre es Ihnen möglich, Ihre Kleidung etwas dem Niveau der Galerie anzupassen? So als kleiner Tipp unter uns Mädels, mit Kleidern von Gucci und Prada fährt man immer gut«, sagte sie und schob mich grußlos aus der Tür.

Diese alte Schabracke nannte sich selbst Mädel! Davon war sie so weit entfernt wie der Glöckner von Notre Dame von Esmeralda.

Auf dem Weg zum Auto wählte ich Sinas Büronummer auf meinem Handy und sie nahm sofort ab.

»Und?«, war alles, was sie sagte.

»Ja.«

»Ja heißt … du meinst …«, stotterte sie ins Telefon.

»Genau. Du sprichst im Moment mit einer zukünftigen Galeriemitarbeiterin.«

»Nein, ist nicht wahr!«

»Doch, und du wirst es nicht glauben, für einen Stundenlohn von achtzehn Euro!« Das Wichtigste zuerst.

»Warte mal, warte mal … das muss ich gleich mal ausrechnen …«, hörte ich Sina mit sich selbst sprechen. »Also, vierhundertfünfzig geteilt durch achtzehn und dann durch … und nochmals durch … super!« Jetzt wurde sie wieder deutlich. »Weißt du, wie viel beziehungsweise wie wenig du dafür arbeiten musst?«

»Sechs Stunden. Sechs Stunden die Woche wohlgemerkt«, sagte ich.

Sina war begeistert.

»Klingt doch erst mal gut, oder? Und was musst du dafür machen?«

»Wenn ich das genau wüsste. Büro und Verkauf, so hat Frau Folldow es kurz beschrieben.«

»Galerie Folldow. Sagt mir gar nichts. Ist die neu?«

»Die Galerie ja, die Folldow nein. Schätze sie so auf sechzig. Ein bisschen suspekt, diese Frau. Wusstest du, dass Hausarbeit das Immunsystem schwächt und vor zehn Uhr morgens aufstehen den Biorhythmus durcheinanderbringt?«

»Hat sie das gesagt?«

»Hat sie. Immerhin, mit Personal kann man dem entgegenwirken.«

»Dann ist sie verheiratet und hat Kohle«, war Sinas Schlussfolgerung.

»Das glaube ich auch. Sie hat ein Haus irgendwo draußen erwähnt, einen Mann und eben Personal.«

»Ja, manche haben es nicht einfach.«

»Ich mach jetzt Schluss, ich muss noch ein paar Sachen erledigen. Ich melde mich am Montag nach meinem ersten Arbeitstag!«

»Wenn ich es schaffe, hole ich dich mittags ab. Zu deiner ersten wohlverdienten After-Work-Party«, versprach mir Sina.

Am Automaten der Sparkasse Ulm hob ich Geld ab: einen Fünfziger zusätzlich für meinen morgigen Friseurbesuch, um mich schon mal galerietauglich aufzupeppen. Nur Gucci und Prada mussten sich noch gedulden, für die erste Zeit taten es vielleicht neue Schuhe. Und das erledigte ich am besten gleich noch im Neu-Ulmer Schuhcenter. Ich fuhr los. Lackschuhe, ja, schwarze Lackpumps mit mittlerem Absatz könnte ich mir vorstellen. Würden gut zu meiner Tasche passen!

Huch, was war das? Eine orangene Warnweste sprang mir vors Auto. Auch das noch! Die Warnweste hatte eine Kelle in der rechten Hand – und wies mit der linken an den Straßenrand.

Durch meinen Kopf ratterte die ganze Straßenverkehrsordnung: innerorts 50, um die Schule hier 30. Allzu schnell war ich nicht. Kam natürlich darauf an, wo mich die Radarpistole abgeschossen hatte.

Ich hielt an und stieg aus. Sollte ich mich jetzt, wie in amerikanischen Filmen, meinem Auto zugewandt breitbeinig hinstellen und die Hände auf das Dach legen?

Ich verwarf den Gedanken und platzte gleich mit einem Geständnis heraus. »Ich weiß, zu schnell. Sorry, nicht aufgepasst.«

Die Weste war jetzt ein Herr in Uniformhemd und Hose.

»Das haben wir wirklich selten«, stellte er fest. »Die meisten tun verwundert und geben an, keinesfalls zu schnell gefahren zu sein.«

»Nein, passt schon. Hab grad an Schuhe gedacht.«

»Aha, und damit sind Sie zu fest aufs Gaspedal getreten«, nickte er. »Jetzt zeigen Sie mir bitte erst mal Ihre Papiere.«

Ich setzte mich wieder ins Auto und kramte im Handschuhfach nach den Dokumenten.

»Den Führerschein habe ich leider nicht dabei.«

Ich reichte ihm das kleine schwarze Mäppchen mit dem Kraftfahrzeugschein.

»Sie fahren mit mehreren Autos?«

»Ja, mit diesem hier und mit dem meines Mannes.«

»Dann kann schon mal vorkommen, dass man den Führerschein nicht da hat, wo er sein sollte.«

Süß, er baute mir gerade eine Brücke.

»Und die wechselnden Handtaschen!« Ich haute in seine Kerbe.

»Auch ein Argument.«

Er ging mit meinem Fahrzeugschein auf einen neutralen weißen Kombi zu, in dem er dann für lange Zeit verschwunden blieb.

Ich sackte langsam auf meinem Sitz zusammen. Arbeit gefunden, Führerschein verloren. Die Schlagzeile im Hause Hecht.

Als er wieder neben mir stand, hatte er einen Block und einen Stift in der Hand. »Frau Hecht, Sie waren erheblich zu schnell!« Dabei schüttelte er den Kopf und sein Gesichtsausdruck wirkte bedenklich.

Erheblich klang nun nicht mehr süß.

»Sind Sie mit einer Verwarnung von fünfunddreißig Euro einverstanden?«

Und das klang nicht wie eine Frage.

»Was? Fünfunddreißig Euro? Mein Friseurgeld! Mein Friseurgeld ist futsch!«, jammerte ich.

»Wenn ich mir erlauben darf, das haben Sie gar nicht nötig«, schmunzelte er.

Kannten Harry und er sich? Der hatte dasselbe gesagt!

»Kann ich das sofort bezahlen?«

»Kein Problem.«

Er schrieb in sein Blöckchen, riss ein Blatt an einer Markierung ab und hielt mir ein rosa Zettelchen entgegen. Rosa! War das der Damen-Verwarnungs-Bescheinigungsblock?

»Normalerweise fahre ich immer nur maximal fünfzehn Euro zu schnell.«

»Ganz im Vertrauen: So weit gehe ich auch mal, Frau Hecht. Leider haben Sie sich diesmal verzockt!« Er grinste.

Also, zum Nulltarif hätte ich diesen Polizisten sogar ausgesprochen sympathisch gefunden. Doch laut Beleg kostete das Kompliment nun mal 35 Euro, und Polizeihauptmeister Strehl war nun der Besitzer meiner Scheine. Und ich war weiterhin im Besitz einer galerieunverträglichen Frisur.

»Vielen Dank und gute Weiterfahrt«, verabschiedete er sich.

Da würde ich mich gleichfalls bedanken, wenn ich nur zu winken bräuchte und dafür fünfunddreißig Euro kassieren könnte …

»Ich werde während der Fahrt per Handy meine Familie informieren, dass ich aufgehalten worden bin!«, rief ich ihm nach, als er wieder auf sein Versteck, den weißen Kombi, zuging.

Im Rückspiegel sah ich noch, wie er mir lachend mit dem Finger drohte. Lust auf Schuhkauf hatte ich keine mehr.

Zuhause beim Essen erzählte ich Harry stolz von meinem erfolgreichen Vormittag. Polizeihauptmeister Strehl ließ ich dabei aus.

Harry zeigte sich nur mäßig begeistert und beeindruckt. »Du willst das wirklich annehmen?« Auf seiner Stirn zeigten sich Falten.

»Ja, ich will«, sagte ich feierlich wie vor dem Altar.

»Und wenn Chris krank ist, oder noch schlimmer: ich? Ach ja, und was ist mit dem Hund?«

»Mit welchem Hund?«

»Den du immer wolltest.«

»Dann lieber noch ein Kind.«

Den Satz ignorierte er geflissentlich und gab sich auf einmal geschäftlich. »Ähh … hast du schon eine Personalcheckliste mitbekommen für die persönlichen Angaben? Die Folldow muss eine Sozialversicherungsnummer für dich beantragen und dich bei der Bundesknappschaft anmelden. Und such gleich mal deine Identifikationsnummer aus unserem Ordner!«

Heute war Beamtentag, erst die Polizei, und zuhause Finanzbeamter Harry!

»Alles der Reihe nach, das Wichtigste habe ich schon erledigt«, triumphierte ich.

»Und das war was?«

»Ich habe ein eigenes Bankkonto eröffnet«, zog ich ihn auf.

Harrys Kinnlade fiel herunter.

Als Chris sich zu uns an den Tisch setzte, legte Harry sofort los: »Stell dir vor, deine Mama hat Arbeit gefunden!« Dabei sah er seinen Sohn erwartungsvoll an.

Er suchte ganz offensichtlich einen Verbündeten, um mich von meinem Vorhaben abzubringen.

»Bei mir aber net, i han gestern mei Zimmer aufgraumat, do flaggat nix meh rom«, sagte unser kleiner, blonder Lockenkopf und schaufelte gedankenverloren in seinem Kartoffelbrei herum.

Auch davor schon hätte mich nichts und niemand mehr aufgehalten!

Ich hatte schon einige Arbeitstage hinter mir und es klappte prima. Die Vormittage in der Galerie waren abwechslungsreich und interessant. Es lief wie am Schnürchen, am besten, wenn Frau Folldow nicht da war, und eigentlich war sie nie da. Ihr Planer war ausgefüllt mit Mikrodermabrasion, Epilation und Intensed-Pulsed-Light-Behandlung, mit Anti-Ödem-Massage und Fruchtsäure-Peeling. Und wenn die Sitzungen durch waren, begann laut ihrem Terminkalender alles wieder von vorn, da sich Besenreiser und Co. anscheinend einfach nicht vertreiben lassen wollten oder sich neue kosmetische Holprigkeiten dazugesellten. Massagen, Hairstylisten und

Shopping. Natürlich nie vor elf, des Gleichgewichts wegen. Sie hinterließ mir am Abend vorher Notizen, was zu tun war, und ich arbeitete davon so viel ab, wie es an den Vormittagen mit den knappen Stunden eben möglich war. Für die Vorbereitungen zur anstehenden Vernissage hatte Frau Folldow zusätzlich noch eine Kunststudentin für einige Stunden zur Aushilfe gefunden.

Als diese eines Morgens die Galerie betrat, mir zur Begrüßung ihre Hand reichte und mit samtiger Stimme: »Mein Name ist Sybilla Taureau« vorstellte, blieb mir die Spucke weg.

Bei Männern löste sie sicherlich das Gegenteil aus – sabbern.

»Guten Tag, Frau Tau…«

»Taureau, das ist französisch, aber nennen Sie mich einfach Billa.«

»Gerne, ich bin Nathalie«, sagte ich und schaute sie voller Bewunderung an.

Mit »französisch« konnte ich optisch bei ihr gar nichts anfangen. Sie war eine Schönheit, die eher einem Indianerstamm zugehörig schien. Schwarz glänzendes, langes Haar, dunkle Mandelaugen, hohe Wangenknochen, volle Lippen und eine Haut wie von der Sonne gestreichelt: Vor mir stand Apanatschi. Sie war bestimmt heute Morgen mit ihrem perfekten Körper in einem Fransenlederkleid aus ihrem Tipi geschlüpft, einen Wasserkrug auf ihren Hüften wiegend erst zum Wasserloch und dann in Richtung Lagerfeuer geschritten, um ihrem Freund Winnetou einen Kaffee zu kochen. Einfach unverschämt, so auszusehen. Bei Frau Folldow punktete sie Prada- und Gucci-frei nur aufgrund ihres Kunststudiums und ich lernte meine Chefin von einer ganz neuen Seite kennen: der freundlichen.

Sina hatte ich dermaßen von der Optik Billas vorgeschwärmt und sie damit so neugierig auf meine neue Kollegin gemacht, dass sie einige Tage später in die Galerie kam. Martin begleitete sie.

»Hallo, Natze, ich mache gerade Mittagspause und Martin hat heute Spätschicht. Wir dachten, du machst ja um zwölf Schluss, vielleicht hättest du Lust, mit uns noch einen Kaffee zu trinken.«

»Das könnte ich hinkriegen«, sagte ich erfreut und machte schnell Ordnung auf dem Schreibtisch.

»Darf ich euch noch meine neue Kollegin vorstellen, Frau ...« Ich deutete auf Billa, die gerade mit dem Abhaken der Einladungsliste beschäftigt war.

»Einfach Billa«, sagte die Schöne und streckte Sina und Martin ihre Hand entgegen.

Die beiden standen indessen nur da und starrten mit offenen Mündern auf Billa. Wie Kinder vor ihrer ersten Kindergärtnerin. Ein »Sagt mal schön grüß Gott zur neuen Tante« konnte ich mir gerade noch verkneifen.

Bevor das Schweigen peinlich wurde, machte ich einen Vorschlag: »Möchtest du nicht mitkommen, Billa, du kannst doch kurz unterbrechen?«

»Gute Idee, mal raus aus dem Trott«, stimmte sie zu. »Ich bin schon zwei Stunden hier.«

Wir gingen über den Münsterplatz in das kleine Café in der Fußgängerzone und schnappten uns einen freien Stehtisch. Ich bestellte an der Theke für jeden einen Cappuccino und nach einem Blick auf Billas Taille den Muffin für mich wieder ab.

Als ich zum Tisch zurückkam, diskutierten die drei über den letzten »Tatort«, der Sina so begeistert hatte, und Billa stimmte ihr zu.

»Diese Folge war in ihrer Komplexität einfach unglaublich reizvoll«, urteilte sie.

Da hatte sie recht, unübersichtlich und schwer verständlich war in diesem Fall meine Definition von »komplex«. Ich hatte den Tatort gesehen und hatte ihn als Zumutung empfunden, und diese Meinung vertrat ich auch. Daraufhin änderte Billa ihre Position. Sie drehte mir den Rücken zu. Jeder Sichtweise Sinas pflichtete sie begeistert bei und ihre Analyse wurde immer enthusiastischer.

Ich ging aufs Klo.

Als ich zurückkam, erörterten sie ein neues Thema: Basketball. Billa erzählte Martin ausgiebig und gestenreich vom letzten Spiel von »Ratiopharm Ulm« und er hörte ihr kopfnickend zu. Sina war kaum an Basketball interessiert und ich überhaupt nicht.

Es wurde mir langsam zu bunt.

»Tut mir leid, ich muss los. Der Haushalt ruft!«, warf ich in die Runde und machte mich zum Gehen fertig.

Ich bereute den Satz schon, bevor ich ihn noch ganz ausgesprochen hatte. *Ja, mach dich nur zum kompletten Spießer. Versteht den Tatort nicht, hat keine Ahnung von Basketball und outet sich auch noch als Hausfrau und echte Mutti.*

Zuhause hatte ich die Nudeln abgegossen und rührte in der Bolognesesoße, als das Telefon läutete. Das Display zeigte Sinas Nummer an.

»Und?«, fragte ich ohne Umschweife.

Diese Art von Begrüßung schien langsam bei uns einzureißen.

»Also, der Hammer, wie die aussieht. Und nicht nur das, sie scheint darüber hinaus was in der Birne zu haben. Und ist zudem noch supernett«, schwärmte Sina.

»Ja doch, ja, bei der passt wirklich alles. Und Martin, was hat der gesagt?«

»Eigentlich nichts, er war nur beeindruckt, dass sie sich bei den Ulmer Basketballern so gut ausgekannt hat. Ich glaub, der sieht gar nicht, was für ein Burner diese Frau ist. Er steht ja sonst auf blond.«

»Hat sie noch was über die Arbeit erzählt? Über die Folldow vielleicht?«

»Nö, eigentlich nicht. Wir sind auch nur noch kurz geblieben.« Sina zögerte. »Ach doch, dass ihr eine Vernissage habt. Sie hat Martin und mich eingeladen und mir ihre Telefonnummer und E-Mail-Adresse gegeben.«

Ich hatte Sina bereits von der Vernissage erzählt. Da hatte sie noch gesagt, dass sie »eher nicht« kommen könne. Martin müsse höchstwahrscheinlich einen Termin wahrnehmen, und sie habe ihm versprochen, ihn zu begleiten.

»Du, Natze, tut mir leid, ich muss auflegen, ich hab gleich eine Besprechung. Mach's gut«, verabschiedete sie sich gehetzt.

Kapitel 4 | *Sina*

»Wollen wir nicht am Sonntag einen Ausflug zu Nathalies Onkel Hans machen? Ich würde gern wissen, wie es ihm geht«, sagte ich und räumte den Mittagstisch ab.

»Kannst ihn doch anrufen«, antwortete Martin und tippte auf seinem Handy herum.

»Möchtest du nicht mal den Hof von Onkel Hans sehen?«

»Nein, sei mir nicht böse, heute ist Sonntag. Ich will meine Ruhe.«

»Du sollst ja nicht arbeiten. Wir machen einen schönen Spaziergang an der Iller entlang.«

Ich hatte mir in den Kopf gesetzt, Martin das Hofleben schmackhaft zu machen. Die Tage mit Nathalie dort hatte ich so genossen, dass ich mir mehr und mehr vorstellen konnte, so zu leben.

Ein anderer Grund, warum ich Martin auf den Hof locken wollte, war, dass ein Teil der Familie Hecht hartnäckig an der fixen Idee festhielt, Onkel Hans und Martin wären Vater und Sohn. Diese These stützte sich allein auf die äußere Erscheinung der beiden. Chris hatte auf einem Jugendfoto von Onkel Hans Martin zu erkennen geglaubt. Nathalie, nicht weniger phantasievoll als ihr Sprössling, brachte beide Lebensgeschichten zusammen. Martin war in Afrika von einer Deutschen geboren und von einem Arztehepaar adoptiert worden, das dort für eine Hilfsorganisation arbeitete. Onkel Hans dagegen war als Ingenieur überall auf diesem Kontinent unterwegs gewesen und hatte sein halbes Arbeitsleben dort verbracht.

Ich tat ihre Spinnereien jedesmal ab. »Afrika ist ja so ein kleiner Kontinent. Da kann ja Onkel Hans nur Martins Vater sein. Die paar Leute da unten.«

Vielleicht konnte ich ja Onkel Hans mal auf den Zahn fühlen, um diese Geschichte endlich ad absurdum zu führen.

»Komm doch mit, Martin«, bettelte ich.

»Ich renn die ganze Woche durch die Gegend. Fahr du allein.«

Ich fuhr allein.

Kapitel 5 | *Nathalie*

Beim nächsten Zusammentreffen in der Galerie äußerte sich Billa ebenso begeistert über Sina.

»Du hast eine richtig klasse Freundin, und auch ihr Martin … ein toller Typ. Seine Arbeit, dazu gehört schon was.« Sie nickte anerkennend mit dem Kopf. »Ich fürchte mich beinahe vor jedem Tier, das größer ist als eine Katze, und vor denen, die kleiner sind als eine Katze, ekle ich mich.«

»Falls wir mal Tierbilder ausstellen sollten, übernehme ich das Aufhängen«, versicherte ich ihr scherzhaft.

»Ja, vielen Dank. Ich tu dir ebenfalls was Gutes und zwar jetzt gleich«, sagte sie und ging zum Kühlschrank im Büro. »Ich habe eine Flasche Prosecco mitgebracht und davon trinken wir jetzt ein, zwei Gläschen, bevor die Folldow kommt. Wer viel arbeitet, soll sich auch was gönnen.«

»So früh morgens vertrag ich eigentlich keinen Alkohol, der steigt mir gleich in den Kopf.«

Meine Abwehr war dürftig.

»Eigentlich!« Du bist doch mit dem Fahrrad da und am Nachmittag kannst du ein kleines Nickerchen machen. Also komm.«

»Okay, das sind zwei überzeugende Argumente.«

Sie hatte bereits die Flasche geöffnet und aus der kleinen Glasvitrine zwei Sektgläser geholt.

»Wir trinken auf die kommende Ausstellung und einen guten Bilderverkauf.«

»Und folglich auf eine spendable Folldow.« Ich hob mein Glas.

»Bist du schon besoffen, ohne zu trinken?«, fragte Billa amüsiert und nahm gleich den ersten kräftigen Zug.

Ich nippte nur.

»Trödle nicht, ich will nicht, dass die Folldow das sieht.«

»Du hast recht.« Ich nahm einen kräftigen Schluck und merkte sofort, wie mir heiß wurde.

Billa goss die Gläser gleich wieder voll.

»Billa, kannst du dir die Folldow beschwipst oder gar besoffen vorstellen?«

»Beim besten Willen nicht.«

»Vielleicht wäre sie dann lockerer.«

»Denkst du. Wahrscheinlich trinkt sie gar keinen Alkohol. Wegen der Etikette.«

»Etikette ist gut, ist doch ein schöner Aufkleber!« Ich zeigte auf das Flaschenetikett.

»Weißt du, was *mich* interessieren würde? Wie ihr Mann mit solch einem Typ Frau klarkommt.«

»Ich glaube, die sehen sich nicht so oft, das macht es für ihn leichter«, mutmaßte ich.

»Kann man schon nicht streiten«, stimmte mir Billa zu und schenkte wieder nach.

»Ja, aber eine Beziehung, in der man sich kaum sieht, ist nicht wirklich das Wahre. Ich denke gerade an Sina und Martin. Er arbeitet in der Tierklinik im Schichtdienst und Sina muss zeitlich ebenso flexibel in ihrem Job sein. Die beiden planen oft aneinander vorbei«, sagte ich nachdenklich.

»Einer guten Partnerschaft kann das nichts anhaben.«

»Ich weiß nicht.«

»Na ja, bei den beiden scheint es jedenfalls zu funktionieren, die sind doch sicherlich schon lange zusammen.«

»Insgesamt schon.«

»Was heißt insgesamt?«, hakte Billa nach und streckte mir erneut die Flasche entgegen.

»Nein, mir nichts mehr, ich kann nicht mehr.«

»Was soll ich denn mit dem Rest jetzt machen? Ohne Korken in meine Tasche stecken? Komm, jede noch ein Glas, das war's dann.«

Widerwillig nahm ich meine Hand vom Glasrand. »Also gut, komm, hau rein, ist eh schon egal.« Das »egal« wurde von einem kleinen Rülpser begleitet.

»Was heißt denn jetzt ›insgesamt‹, verstehe ich nicht«, hakte Billa ungerührt nach.

»Na ja, die beiden waren schon mal getrennt nach achtjähriger Beziehung und sind dann wieder zusammengekommen.«

»Ach so, eine geknotete Beziehung. Bestimmt eine andere Frau.«

»Nein, eine Forschungsstelle im Ausland und Sina ist dageblieben. Was bedeutet denn geknotet?«

»Ganz einfach: Seil, sprich Beziehung, gerissen, geknotet und wiederverwendet. Hält zwar, hat aber eine Schwachstelle«, philosophierte Billa.

»Vielleicht hast du nicht ganz unrecht. Ich meine, bei den beiden läuft es gerade nicht ganz rund.«

»Ach, bei wem läuft es denn schon rund. Wo genau hakt es denn?«

»Entschuldige, ich muss erst mal ganz dringend wohin.«

Als ich nach dem Waschen in meiner Tasche nach der Creme für meine Hände kramte, sah ich die beiden Basketballkarten für das nächste Heimspiel von Ratiopharm Ulm im Seitenfach stecken. Harry hatte sie von einem Geschäftspartner bekommen, mit dem wir gemeinsam essen waren. Aus unserer Familie hatte keiner Lust hinzugehen, deshalb trug ich sie immer noch in meiner Handtasche spazieren. Damit könnte ich Billa doch eine Riesenfreude machen. Als ich ins Büro zurückkam, waren die Gläser bereits gespült im Schrank und die leere Flasche verschwunden.

»Alles clean«, tat Billa verschwörerisch. »Jetzt flutscht die Arbeit, wirst sehen.«

»Weißt du was, Billa, ich hab ebenfalls was für dich.« Ich streckte ihr triumphierend die beiden Eintrittskarten entgegen.

»Lass sehen. Das sind ja Karten fürs Basketball! Super, kann ich die wirklich haben? Was kriegst du denn dafür?«

»Geschenkt«, winkte ich ab.

Billa hielt die beiden Karten in der Hand und bewegte sie wie einen Fächer, als wir die Tür zur Galerie aufgehen hörten.

Wie ertappt sahen wir uns an und Billa flüsterte: »Geh du, ich hab eine Mordsfahne.«

»Ich doch auch!«

»Hallo, ist hier jemand?« Es war Martins Stimme.

»Ja, hier, komm ins Büro. Wenn man vom Teufel spricht«, sagte ich.

Zögernd trat er ein.

»Ihr habt über mich gesprochen?«, fragte er ungläubig.

»Ähm, ja …«

»Ja, haben wir«, stimmte Billa zu. »Und zwar darüber, dass du, genau wie ich, ein großer Basketballfan bist. Und stell dir vor, ich habe zufällig zwei Karten fürs nächste Heimspiel!« Dabei wedelte sie mit den Karten nun vor Martins Gesicht herum.

»Respekt.«

»Und wenn du schön ›bitte, bitte‹ sagst, nehm ich dich mit!«

Sie flirtete mit ihm!

»Na, wenn du nicht von mir verlangst, auf die Knie zu gehen.«

Hoppala!

Ich konnte, alkoholvernebelt wie ich war, nicht einmal so schnell denken, wie Billa sprach und handelte! Sie hatte die Karte im wahrsten Sinne des Wortes sofort an den Mann gebracht. Aber aus welchem Grund war Martin eigentlich in die Galerie gekommen?

»Was hat dich denn hierherverschlagen?«

»Ich wollte dich fragen, ob du eine Idee hast, was ich Sina zum Geburtstag schenken könnte, ich hab so gar keine Ahnung.«

»Also, das Problem hattest du noch nie«, wunderte ich mich. »Vielleicht ein Städtetrip, oder habt ihr schon alle durch?«

»Wenn wir einen gemeinsamen Termin finden können, dann wäre das was«, stimmte er frustriert zu.

Billa warf mir einen Blick zu, als wären wir Verbündete. Zu meinem leichten Schwindel gesellte sich noch gewaltiges Sodbrennen und ein dumpfes Gefühl im Bauch.

Kapitel 6 | *Sina*

Als ich bei Onkel Hans auf den Hof fuhr, stand dort ein dunkles Auto mit Memminger Kennzeichen. Das war doch Lumbris Wagen! Was wollte der denn hier?

Warum kribbelte plötzlich etwas in meinem Bauch?

»So a nette Überraschung«, empfing mich Onkel Hans, der gerade aus der Haustür trat.

»Ich wollte nach dir sehen, auf Befehl von Nathalie«, schwindelte ich.

»Dia war doch heit Vormittag scho do!«

»Sie wollte auf Nummer sicher gehen«, antwortete ich verlegen.

»Wie sich älle um mi sorgat!«, sagte Onkel Hans freudestrahlend. »Dr Herr von Lumbritz isch au grad komma.«

»So«, wunderte ich mich. »Warum das denn?«

Onkel Hans wollte gerade zu einer Antwort ansetzen, als jemand aus der Garage rief: »Ich wollte mir nochmal die Schafe anschauen.«

Friedrich kam aus der Garage und gesellte sich zu uns.

»In der Garage?«

»Er hot Werkzeug, äh … zruck… äh … brocht«, stotterte Onkel Hans.

»Aha«, sagte ich und schaute Friedrich fragend an.

Etwas verlegen gab er zu: »Nach der Lagerfeuernacht bin ich am nächsten Tag noch mal hergekommen, um nach den Schafen zu sehen. Hatte ein furchtbar schlechtes Gewissen, weil ich abends nicht mehr nach ihnen geschaut habe. Dachte, ich kann vielleicht noch etwas tun.«

»Des war sehr nett vom Herrn Lumbritz«, warf Onkel Hans ein. »Als er aber gmerkt hot, dass koine von euch meh auf 'm Hof isch, wollt er noch de Schoof glei wieder fahra.«

Verschmitzt fuhr er fort: »Do han i ihm aber dr alte Fendt no zoigt. Den han i grad wieder repariert.« Er rieb sich die Hände. »Ja, und dann dr ganze Hof. Weischt, Sina, der Herr Lumbritz versteht au was von Immobilien und vom Baua.«

»Sina, ich muss dir was zeigen«, lenkte Friedrich ab.

Er nahm meine Hand und zog mich durch die kleine Apfelbaumwiese in Richtung Illerufer. Nach einer leicht abschüssigen Böschung erreichten wir das flache Ufer, an dem ein merkwürdiges Gefährt lag. Es war ein Holzkahn, an dem rechts und links jeweils ein Rad montiert war.

»Das ist ja ein seltsames Ding.«

»Ein genial ausgetüfteltes Amphibienfahrzeug!«, sagte Friedrich begeistert. »Schau, wenn man an diesem Hebel drückt, hebt es den Kahn nach oben und man kann ihn dann an Land transportieren.«

»Unglaublich, was es alles gibt, wer hat sich denn diese Mechanik ausgedacht?«

»Herr Hecht. Das war das Erste, was er mir gezeigt hat.«

»Des lasset mir glei ins Wasser!«, rief Onkel Hans, der uns nachgekommen war. »Ich hol noch was zum Schnabuliera!« Damit drehte er wieder um. »Und dann machet mir a Kahnfahrt.« Er war voller Begeisterung und begann beinahe zu rennen.

»Au ja«, sagte ich und schaute auf das verführerisch glitzernde Wasser. Die Sonne schien warm vom Himmel und die Sträucher am Ufer wogten im Wind. »Einer der schönsten Flecken weit und breit«, sagte ich schwärmerisch. »Und nun auch noch eine Bootsfahrt! Das wird der perfekte Sonntag. Oder?«

Keine Antwort.

Hatte Friedrich kein Ohr für Onkel Hans' Eifer und kein Auge für die herrliche Landschaft? Warum sagte er nichts? Als ich mich ihm zuwandte, schaute er mich mit großen Augen an.

»Was ist los?« fragte ich ihn. »Angst vor dem Wasser?«

»Du bist so süß, wenn du dich freust.«

War es plötzlich heißer geworden? Mir rann der Schweiß den Rücken herunter. Doch nicht wegen Friedrich! Krieg dich wieder ein, Sina. Wie reagiert man denn auf so einen Satz von einem Kumpel?

Zum Glück hörte man das Klappern von aneinanderstoßenden Flaschen.

»I komm, ka losganga. Schiebat's scho mol nei!«, rief Onkel Hans schon, bevor wir ihn sehen konnten.

»Na dann mal los, Schiff ahoi!«, sagte Friedrich.

Er zog seine Schuhe aus, krempelte die Hosenbeine hoch und schob den Kahn in die Iller.

Die Flaschen hatte Onkel Hans in einem Netz ins Wasser gehängt. »Ich han jetzt bloß no Keks und an süßa Sprudel auf d' Schnelle gfonda. Mei Bier isch scho fascht a Johr abglaufa. Isch doch in Ordnung, oder?«

Friedrich, der sich sofort an die Riemen gesetzt hatte und mit ausholenden Bewegungen das Boot durchs Wasser gleiten ließ, sagte verschmitzt: »Kekse sind mit Limo am besten!«

Ich räkelte mich auf dem Sitzbrett am Heck und reckte mein Gesicht in die Sonne.

»Kekse und Limo, schöner kann's nicht mehr werden.« Friedrich und ich grinsten uns an.

Er hatte bereits sein T-Shirt ausgezogen und gab alles. Aber wir kamen nicht wirklich vom Fleck.

»Schau mal, der Hof ist genauso weit weg wie vor einer Viertelstunde«, neckte ich ihn.

»Kommt mir auch ein bisschen komisch vor. Herr Hecht, wir hätten wohl den Anker einholen sollen.«

Onkel Hans lachte. »Lass mi mol na, junger Ma, sonscht sen mir dia nächscht Viertelstund au net weiter. Die Iller will glesa werda. I woiß, wo d' Strömung am geringschta isch.«

Friedrich setzte sich zu mir, Onkel Hans ruderte und zusehends wurde der Hof kleiner. Wir glitten über das Wasser, aßen den ganzen Nachmittag Unmengen von Keksen und spülten sie mit dem gekühlten süßen Sprudel herunter. Onkel Hans freute sich, dass er seine unglaublichen Geschichten an den Mann bringen konnte. Wir amüsierten uns königlich, obwohl wir alles für geflunkert hielten.

»Alles selbst erlebt«, verteidigte er sich, als wir seine Abenteuer anzweifelten. »Ihr werdet schon sehen, was eure Wundertüte des Lebens noch alles zu bieten hat.«

Er nahm einen kräftigen Schluck aus der Flasche.

Hatten Friedrich und ich eine gemeinsame Wundertüte?

Im Moment jedenfalls war die Wundertüte mit Keksen gefüllt.

Prinzenrolle.

Kapitel 7 | *Nathalie*

Die Organisation der Ausstellung machte eine Menge Arbeit und Billa und ich kamen auf der Zielgeraden in arge zeitliche Bedrängnis. Wir verteilten unsere Aufgaben nach Vorlieben und Kapazität, jedoch stellte sich bald heraus, dass Billa wenige Vorlieben hatte. Und so erhöhte ich meine Kapazität um zwei weitere Tage in diesen Wochen. Während die Folldow Billa zum pünktlichen Arbeitsschluss drängte, brummte sie mir immer mehr auf. Ich hatte den Galerievertrag ausgearbeitet und im Fall, dass ich ein Bild verkaufte, eine beträchtliche Provision ausgehandelt. Dann die Einladungen erstellt und verschickt, Flyer und Anzeigen drucken lassen und für Bewirtung und die musikalische Begleitung gesorgt.

Ich freute mich schon auf Ramon und seine Geige. Ramon war ein Freund von Sinas Oma Hilde, die beide in der »Seniorenresidenz« wohnten.

Während ich sorgfältig und beständig vor mich hin arbeitete, begann Billas Geschäftigkeit erst, wenn die Folldow gegen Mittag aus den Federn kroch und in der Galerie auftauchte. Sie empfing unsere Chefin mit einer Tasse Kaffee und erstattete Bericht über den Stand der Dinge.

Überschwänglich versicherten sie sich gegenseitig, wie gut alles lief, mein Anteil daran blieb unbeachtet. Als ich einmal nach Arbeitsschluss zufällig ein Gespräch der beiden mitbekam, fühlte ich mich wie nach dem berühmten linken Haken.

Ich hatte mich schon verabschiedet, war aber nochmals an die Garderobe zurückgegangen, um meinen vergessenen Schirm zu holen. Draußen blitzte und donnerte es bereits heftig.

Und drinnen schien die Sonne: »Billa, Sie sind ein Schatz«, flötete die Folldow, »wie Sie das alles managen, ich bin begeistert!« Dabei tätschelte sie Billas Arm.

»Danke, ich mach das gerne.« Ebenfalls Flötenton.

Ich stutzte, hatte ich mich verhört? Die Arbeit machte ja wohl ich. Wo waren meine Streicheleinheiten?

»Möchten Sie nicht regelmäßig hier arbeiten, nicht nur während der Semesterferien, meine ich? Könnten Sie sich das neben Ihrem anstrengenden Studium vorstellen?«

»Es freut mich natürlich sehr, dass Sie meine Arbeit – und ich habe mich wirklich reingekniet – so schätzen, doch das schafft Frau Hecht dann wieder alleine.«

»Na ja, ich dachte, nur Sie, also anstelle von Frau Hecht. Frau Hecht ist Hausfrau, Sie sind Kunststudentin. Sie wissen, was ich meine«, hörte ich die Folldow sagen.

Ein Geräusch ließ die beiden plötzlich aufhorchen. Sie sahen in meine Richtung. Ich war an den Auslösemechanismus des Schirmes gekommen und dieser öffnete sich geräuschvoll zu seiner vollen Größe.

»Schirm vergessen!«, rief ich den beiden aufgesetzt freundlich zu. »Tschüss nochmal!«

Ihr Ratten! Damit hätte ich den Gruß gerne vervollständigt.

Draußen schüttete es inzwischen wie aus Eimern, und ich hätte jetzt am liebsten in einen solchen gekotzt.

Wenigstens zuhause ging alles seinen gewohnten Gang. Ich kam ganz gut zurecht mit meiner noch verbleibenden Zeit. Manches im Haushalt musste nun etwas flotter gehen, für einige Arbeiten hatte ich die Intervalle von wöchentlich auf vierzehntägig festgelegt und es gab auch Dinge, die von der Kategorie »nicht wirklich sinnvoll« in »vollkommen unnötig« abrutschten.

Harry gegenüber äußerte ich mich nie negativ über meine Arbeit, ich wollte mir den Satz ersparen: »Das hab ich dir ja gesagt, draußen weht ein anderer Wind.« Ein kleiner Luftzug konnte nicht schaden, nach all den Jahren Windstille.

Wichtig war mir nur, dass Chris nicht zu kurz kam, dass ich hin und wieder meinem Hobby, der Malerei, nachgehen und mich regelmäßig mit Sina treffen konnte. Das wollte ich auf keinen Fall missen.

Nach dem verregneten Wochenende, an dem wir mit Chris an zwei Nachmittagen jeweils vier Stunden Carcassonne gespielt hatten, wurde ich am Montag in der Galerie von einer bestens gelaunten Billa begrüßt, die mich sofort mit dem Basketballergebnis von Ratiopharm Ulm überfiel.

»71 : 69 gewonnen!«

Bei mir kam ihre gute Stimmung nicht mehr ganz störungsfrei an, mir saß das Gespräch zwischen ihr und der Folldow im Genick. Meine Antennen waren ausgefahren.

»Cooles Heimspiel! Direkter Verfolger!«

Ich nahm ihren Spielzug auf. »Ich hatte gestern zwei Heimspiele und gegen unseren Familienjüngsten mit 2 : 0 verloren.«

»Es war ein wahnsinnig spannendes Spiel, eine Stimmung in der Halle, sage ich dir. Und nächste Woche treffe ich mich zu einem Besuch im Tierheim mit Sina, toll, oder?«, plapperte sie eifrig weiter.

Ene, mene, miste, es rappelt in der Kiste … Martin betreute dort nach Bedarf die Tiere und Sina half hin und wieder ehrenamtlich. Ene, mene, meck, und wer ist weg?

Ich!

Erst griff sich Billa die Folldow, dann Martin und jetzt umschlang sie Sina. War ich eifersüchtig? Quatsch, Eifersucht war etwas für unsichere Menschen. Ich war höchstens misstrauisch.

Ein Messer, ich brauche ein Messer. Ich muss einen Marterpfahl schnitzen, Apanatschi daran festbinden und mindestens foltern.

Hatte ich mich so in Billa getäuscht? Da machte es einem die Folldow einfach. Bei ihr wusste man gleich: Kategorie

»Kotzbrocken«. Ihre überhebliche Art war kaum zu ertragen und am meisten ärgerte mich, dass ich ihr noch die Brocken hinwarf, die sie dann mit großer Genugtuung vor mir ausspuckte. Ich war doch tatsächlich so dumm, eines meiner Acrylbilder mit Harrys Hilfe in die Galerie zu schleppen und zu glauben, sie würde es positiv beurteilen.

»Der grau-rote Traum«, so nannte ich mein riesiges Werk. Die Farben hatte ich konträr zur Wirklichkeit verwendet. Der Sandstrand war kadmium-rot, und durch Mischen mit Gelb entstand an einigen Stellen ein warmes Orange. Für das Wasser nahm ich die Farbe Graphit, die sich mit Weiß durchzogen ans Ufer kräuselte, und ab dem Horizont erstreckte sich der Himmel in Kieselgrau. Im Vordergrund wiegten sich einige schwarze Gräser. Ein Schattenfugenrahmen machte es komplett. Es war mein typischer persönlicher Stil und nicht etwa handwerkliche Perfektion, was dieses Bild irgendwie speziell machte. Gelangweilt erklärte sich die Folldow bereit, einen Blick darauf zu werfen. Vorsichtig faltete ich das alte Bettlaken, in das ich es zum Schutz eingeschlagen hatte, auseinander und wollte schon ein »Tataaa« hervorstoßen, als sich ein mildes Lächeln auf ihrem Gesicht zeigte.

»Nett«, sagte sie gequält und wandte sich ab.

Nett, der kleine Bruder von scheiße.

Nett, nett, immer wieder stieß mir dieses Wort auf. »Nett«, so hatte ich die ersten gekritzelten Zeichnungen von Chris gelobt, als dieser mit knapp drei Jahren seine ganze Familie als kleine Kopffüßler malte. Und dass er mich größer darstellte als seinen Vater, war vermutlich deshalb so, weil ich in seinem bisherigen kurzen Leben präsenter war als Harry, das war nett. Aber doch nicht »Der grau-rote Traum«!

Ich hatte mein Bild gerade ins Eck gestellt und wollte das Bettlaken darüberwerfen, als sie mich rief.

»Frau Hecht …«

Wow, mal die richtige Fischart. Jedesmal wenn sie mich Hering nannte, machte ich eine Kerbe an die Unterkante ihres Biedermeiersekretärs. Diesmal konnte die Schere stecken bleiben.

»... ich erwarte internationales Publikum, da muss ich natürlich auf vernünftige Konversationsformen achten. Wie man hier in Schwaben spricht, ist ja teilweise grausam. Das gilt vor allem fürs Grüßen. Ich hoffe, ein dialektfreies ›Guten Tag‹ kriegen Sie hin?«

Sie hatte es noch nicht ganz ausgesprochen, da betrat ein älterer Herr in Jeans und legerer Freizeitjacke die Galerie.

Er tönte freundlich und laut: »Grüß Gottle, Gerlemann.«

Mein erster Kunde – national. Herr Gerlemann hatte Frau Folldow soeben gezeigt, welcher Dress- und Grüß-Code im Schwäbischen gebräuchlich war.

»Gerlemann«, wiederholte er. »Aus der Metropole Wullastetta.«

Ebenfalls mit »Grüß Gottle« hieß ich Herrn Gerlemann freudestrahlend willkommen und schloss den kauzigen Herrn aus dem Ortsteil von Senden gleich in mein Herz. Die Folldow entschwand nicht nur dialektfrei, sondern gänzlich grußlos durch die offene Tür ins Büro. Herr Gerlemann bemerkte diese Ignoranz, sah ihr aber nur gleichgültig und schulterzuckend hinterher.

»Mein Name ist Hecht, was kann ich für Sie tun, Herr Gerlemann?«

»Ich suche ein Bild für meine Frau, sie wünscht sich eins zum Geburtstag«, sagte er und schaute sich sogleich interessiert um.

»Haben Sie schon mal bei Möbel Mahler oder Inhofer geschaut?«, mischte sich die Folldow von ihrem Büro aus ein.

Sie saß am Schreibtisch und blickte auf den Bildschirm.

»Ich habe gedacht, ich schau mich erst mal hier um. Frau Hecht kümmert sich bestimmt bestens um mich!«, rief er in Richtung Büro. Mir flüsterte er zu: »Ich will was Echtes, meine Gisela ist mir schon was wert.«

Etwas gedämpft setzten wir unser Gespräch fort.

»Sehr schön. Wissen Sie, was Ihrer Frau gefällt?«

»Wenn ich es sehe, weiß ich es, und hängen wird es im Entree.«

»Die Künstlerin hier macht beeindruckende Sachen. Graphiken und Reliefs.«

Interessiert schaute er sich um und musterte jedes Bild. Er schlenderte an ihnen vorbei, betrachtete sie von der Nähe und aus der Distanz. Dabei bewegte er seinen Kopf mal zur rechten Schulter, mal zur linken.

»Sie haben recht, das sind ganz interessante Sachen, dennoch …« Er kniff die Lippen zusammen. »Es ist nicht das, was ich suche.«

»Dann mache ich Ihnen einen Vorschlag. Wenn Sie nicht unter Zeitdruck stehen, empfehle ich Ihnen, in ein paar Tagen nochmals vorbeizuschauen. Wir haben demnächst eine Ausstellungseröffnung und hierzu erwarten wir eine große Anzahl an Acrylbildern. Die Malerin heißt Ivo Jostner. Sie könnten dann vor der Vernissage schon mal einen Blick auf die Bilder werfen, bevorzugter Kundenservice sozusagen. Die Künstlerin ist längst über Baden-Württemberg hinaus bekannt und macht wunderbare Sachen. Ich habe vorab bereits einige Arbeiten gesehen. Da ist sicher was für Gisela, oh, Entschuldigung, für Ihre Frau dabei.«

»Frau Hecht, so machen wir's, vielen Dank«, sagte der sympathische Herr Gerlemann und verließ mit einem auch im Büro vernehmbaren »Also dann, Pfüagottle« die Galerie.

»Pfüagottle, Herr Gerlemann!«, rief ich ebenfalls, und zwar besonders deutlich und drehte meinen Kopf leicht in Richtung Büro.

»Frau Hecht, machen Sie sich keine Hoffnungen, den Typ sehen Sie hier nie wieder. Glauben Sie mir«, war die lapidare Einschätzung von Frau Folldow.

Der Typ stand genau eine Woche später wieder in der Galerie. Schade, dass die Folldow nicht da war, sie war laut

Terminplan bei »Mani«. Was bedeutete, sie ließ sich neue rote Plastikkrallen ankleben. Auch Billa hatte heute frei.

Inzwischen waren die Bilder von Frau Jostner gebracht worden und ich hatte sie mit Nummern, Titeln und Preisen versehen zum Aufhängen bereitgestellt.

»Grüß Gottle, Herr Gerlemann, schön, dass Sie an uns gedacht haben!«

Ich freute mich aufrichtig über den Besuch des liebenswürdigen Herrn.

»An Sie gedacht habe«, berichtigte er mich.

Das machte mich ganz verlegen.

»Wie versprochen, die Bilder sind da.« Ich zeigte auf die Exponate. »Wollen Sie mal schauen, ob was dabei ist? Gehen Sie einfach in Ruhe alle durch, und wenn Sie mich brauchen, ich bin im Büro.«

Keine zehn Minuten später hörte ich Herrn Gerlemann rufen. »Frau Hecht, ich hab's, das ist es. Das und kein anderes!«

Und noch bevor ich mich aus dem Schreibtischstuhl erhoben hatte, stand Herr Gerlemann freudestrahlend vor der Tür zum Büro. An ihn gelehnt leuchtete mir mein grau-roter Traum entgegen.

»Ich hab nur den Preis noch nicht gefunden.« Er hörte gar nicht auf zu strahlen.

»Äh … Herr Gerlemann, das Bild ist leider unverkäuflich«, stotterte ich verunsichert.

»Ja, Frau Hecht, das habe ich mir gedacht, Sie machen eine Verkaufsausstellung und geben dann die Bilder nicht ab. Nein, jetzt Spaß beiseite, was soll es denn kosten?«

Kosten, das war das Stichwort. Ich musste nur den Preis des Bildes so hoch ansetzen, dass er es wie eine heiße Kartoffel fallen ließ, in diesem Fall wieder in die Ecke stellte. Ganz spontan entschied ich mich für 1500 Euro, sicherlich ein Betrag, der abschreckend genug war.

Ja, fünfzehnhundert sind gut, dachte ich und hörte mich sagen: »Fünfzehn. Es ist ein ganz besonders besonderes Bild.«

Was redete ich für einen Blödsinn!

»Finde ich gleichfalls, darum will ich es ja haben.«

Herr Gerlemann kräuselte nachdenklich die Stirn. Er betrachtete es erneut eingehend und wohlwollend, spitzte dabei die Lippen und nickte dabei ständig mit dem Kopf. Wie kam das jetzt bei ihm an, hatte er mich richtig verstanden? Er würde mir doch jetzt nicht fünfzehn Euro in die Hand drücken und meinen grau-roten Traum mitnehmen und in Wullenstetten an die Flurwand nageln?

»Hm, fünfzehn ... fünfzehn sind in Ordnung, Frau Hecht, und am liebsten würde ich es gleich mitnehmen. Sicherlich werden Sie es als »verkauft« ausstellen wollen, sozusagen als Verkaufsanimation für ihre Besucher.«

»Nein, nein, Herr Gerlemann, Sie können es gerne gleich mitnehmen.«

Die Folldow durfte vom Geschäft mit Herrn Gerlemann auf keinen Fall erfahren, obwohl ich ihr gerne unter die Nase gerieben hätte, dass ausgerechnet der »Typ« das »nette« Bild gekauft hatte. Schade, dass ich diesen Triumph nicht auskosten konnte!

»Ich bräuchte nun noch die Bankverbindung der Galerie. Dann würde ich das Geld von meiner Bank anweisen lassen. Oder bekommt es die Malerin, also diese Frau Jostner, direkt? Das geht natürlich genauso.«

Jetzt war ich sicher, dass er das mit den beiden Nullen verstanden hatte. Kein Mensch würde zu seiner Bank gehen und fünfzehn Euro »anweisen« lassen!

Ich zögerte. »Ähh, Herr Gerlemann, ich hab ein Problem ...«

»Ich weiß, Sie brauchen meinen Ausweis. Sie denken, der Alte verschwindet mit dem Bild und die Kohle kommt nie an«, sagte er belustigt, zog seine Brieftasche aus seiner Gesäßtasche, öffnete sie und streckte mir seinen Ausweis entgegen. »Kopieren Sie ihn einfach.«

»Nein, bitte stecken Sie ihn wieder ein, ich vertraue Ihnen«, sagte ich. Und das tat ich tatsächlich. »Mein Problem ist ein ganz anderes. Das Bild ist nicht von Frau Jostner, und um genau zu sein, hat es überhaupt nichts mit der Galerie zu tun …«

»Ich werde mein Geld schon loskriegen, Sie werden ja wissen, wer der Künstler oder die Künstlerin ist, und befugt sein, es zu verkaufen. Sagen Sie mir einfach, wohin das Geld gehen soll«, drängte er.

Herr Gerlemann, das Bild habe ich mit ein paar Glitzi-Schwämmen zusammengestrichen und es hat einen Materialwert um die hundert Euro. Als Malerin bin ich ein no name und meine Stilmittel transportieren keine Aussage. Ich weiß nicht einmal, was das heißt. Für mich ist Malen einfach nur entspannend und ich liebe meine Bilder!

Dachte ich. Aber natürlich sagte ich ihm das nicht.

Na ja, so ganz ohne Aufwand war das Bild nicht entstanden. Eigentlich war es mein Meisterstück, das mich schon eine Menge Zeit gekostet hatte und das ich deshalb ungern hergeben wollte.

Zu spät.

»Ja, natürlich weiß ich, wer die Künstlerin ist. Sie heißt Sänger, Sina Sänger.«

Uuuups, wo kam das jetzt auf einmal her?!

»Sagt mir nichts.« Herr Gerlemann schüttelte den Kopf. »Ist sie in Künstlerkreisen bekannt?«

»Na ja, noch nicht so richtig.«

»Egal, auf jeden Fall hat sie Talent. Und ich sehe mich als Mäzen, der gerne unbekannte begabte Künstler unterstützt. Kann ich diese Frau Sänger anrufen und eventuell kennen lernen? Außerdem möchte ich die Zahlungsmodalitäten mit ihr besprechen. Dann bräuchte ich allerdings noch die Telefonnummer.«

»Aber natürlich.«

Ich gab ihm Sinas Nummer.

Als er sich verabschiedet hatte, wählte ich sofort Sinas Nummer, um sie auf das Telefonat mit Herrn Gerlemann vorzubereiten. Sie war leider nicht erreichbar. Ich schilderte ihr den Sachverhalt deshalb kurz per E-Mail.

So, damit war die Sache geritzt: Er überwies an Sina, sie dann an mich, eine Gisela in Wullenstetten freute sich, dass sie was überm Schuhschränkchen hängen hatte, und Harry würde bei eintausendfünfhundert Euro umfallen.

Kapitel 8 | *Sina*

»Herein in die Küche der kulinarischen Verzweiflung!«, begrüßte Harry mich, als er die Tür aufriss.

»So schlimm?«, fragte ich und verzog das Gesicht.

Meistens war die Stimmung bei den Hechts auf dem Nullpunkt, wenn Nathalie in der Küche experimentierte.

»Wir sind von Gnocchi auf Nudeln umgestiegen.«

»Hat sie die Packung nicht aufbekommen?«

»Selbstgemachte!«

»Was? Gnocchi oder Nudeln?«

»Im ersten Versuch sollten es Gnocchi werden. Nun werden es Nudeln.«

»Aber das sind doch zwei verschiedene Teige! Braucht man bei Gnocchi nicht Kartoffeln?«

»Schon«, antwortete Harry gedehnt, »aber die sind ja bei Experiment eins draufgegangen.«

»Ach so.«

»Ja, sie war sich ihrer Sache so sicher, dass sie keinen Probeversuch gemacht hat. Jetzt sind die Kartoffeln futsch.«

Aus der Küche hörte man gedämpftes Fluchen.

»Oha«, sagte ich leise. »Wie ist die Stimmung?«

»Dafür noch erstaunlich gut!« Harry klang selbst verwundert. »Sie hat sich der Katastrophe entledigt und sofort die Nudelmaschine rausgeholt. Ohne die Schuld auf mich zu schieben.«

Ich lachte. Es war tatsächlich eine von Nathalies Angewohnheiten, die Misserfolge in der Küche auf beteiligte oder auch unbeteiligte Personen abzuwälzen. Es konnte einfach nicht sein, dass die sonst perfekte Hausfrau in der Küche eine Niete war. Sie kochte eigentlich nicht gern und trotzdem stürzte sie sich immer wieder auf die schwierigsten Rezepte.

»Steht doch genau da, wie man es machen muss. Da kann gar nichts schiefgehen!«, sagte ich verwundert zu Harry.

»Wenn man sich an die korrekten Anweisungen im Rezept hält, nicht, nein … Kochen hat was mit Kreativität zu tun, erklärt sie mir immer wieder«, sagte Harry. »Das sei wie beim Malen, man müsse sich gehen lassen.«

Oft ging sie allerdings zu weit. Die Nummer des Pizzadienstes konnte sie daher auswendig.

»Ich werd mal nach ihr sehen«, sagte ich zu Harry.

»Ja, bitte, wir haben Hunger!« Sanft schob er mich zur Küchentür. »Ausgerechnet mit dem Sonntagsessen muss sie experimentieren«, maulte er noch.

Ich verbrachte viel Zeit im Haus meiner besten Freundin. Nicht nur dass Nathalie meine beste Freundin war, ich hing sehr an Chris und fühlte mich immer sehr aufgehoben bei den Hechts. Außerdem rettete ich oft die kreativen Anfälle Nathalies in der Küche und zauberte noch halbwegs Schmackhaftes auf die Teller. Das waren zwar keine Heldentaten, aber Hechts waren in dieser Hinsicht nicht verwöhnt.

»Komm rein und mach die Tür zu!« Nathalies Stimme war doch eine leichte Anspannung anzumerken.

Ich drückte ihr einen Kuss auf die Wange. Sie ließ zur Begrüßung kurz die Nudelmaschine los, die bei jeder Umdrehung ein »Knarz« von sich gegeben hatte, und hob die bemehlten Hände.

»Na, läuft's?«, fragte ich vorsichtig.

»Gnocchi sind ein Riesenscheiß, kann ich dir sagen!« Sie schnaufte. »Die Dinger gingen überhaupt nicht vom Löffel weg! Wie Kleister!«

Knarz.

»Schau mal in den Mülleimer.« Knarz. »Hässliche Klumpen.« Knarz. »Mehr war nicht rauszuholen.«

Ich ging zum Mülleimer. Der Deckel sprang auf und gab den Blick auf einen Haufen wässriger Klumpen frei. Gnocchi wollten das offensichtlich wirklich nie werden!

»Traurig. Wie hast du denn das fertiggebracht?«

»Zur Verbesserung der Rezeptur habe ich noch Eier in den Teig gemischt«, antwortete sie und hielt in ihrer Drehbewegung inne. »Die haben sich mit den Kartoffeln nicht vertragen, glaub ich. Aber schau mal, wie schön die Nudeln werden!«

Strahlend vor Stolz wies sie in Richtung Spülbecken. Tatsächlich hing schon ein beträchtlicher Haufen zum Trocknen über dem Wasserhahn. Deutlich als solche erkennbar.

»Gott sei Dank ...« – Knarz – »... hab ich nicht alle Eier für die Gnocchi genommen.«

»Ja, zum Glück! Die Nudeln schauen richtig echt aus«, sagte ich anerkennend.

Ein Klaps, der eine Mehlspur auf meinem Arm hinterließ, war die Strafe.

»Warum habe ich nur keine Spätzle gemacht? Die gelingen immer. Es entspannt mich sogar. Das Hobeln hat so was Meditatives.«

»Wie Yoga. Spätzles-Yoga.«

»Keine Ahnung, was Yoga mit einem macht. Da war ich noch nie.«

»Bei dir tut's das Hobeln«, sagte ich schelmisch.

»Könnten wir uns bitte ums Kochen kümmern?« Sie schaute mich mit gespielter Empörung an. »Du dich um die Soße zum Beispiel? Bin ein bisschen unter Zeitdruck wegen der blöden Gnocchi.« Sie beugte sich in meine Richtung und flüsterte: »Ist Harry schon sauer? Der hat Hunger. Und da wird er brummig.«

»Nö, ich glaube, der macht sich mehr Sorgen um deine Laune«, antwortete ich.

Nervös fuchtelte sie in Richtung Kühlschrank. »Die Tomaten sind da drin und Zwiebeln unten im Korb. Mach einfach deine Soße wie immer.«

Jetzt, wo sie auf ihrem kochtechnischen Höhepunkt war, wollte ich ihr keinen Vortrag halten, dass man Tomaten nicht im Kühlschrank aufbewahren sollte.

Aber Nathalie kannte mich. »Ich weiß schon, warum du so schaust. Die Tomaten hab ich erst vorhin dort reingelegt, weil sie mir im Weg waren.«

Manchmal schienen meine Ratschläge ja doch zu fruchten.

»Interessanter Einkaufszettel«, sagte ich und las vor, was auf einem Zettel stand, der an der Kühlschranktür klebte: »Zitrusfrüchte, Nüsse, Schokolade, Kaffee, Alkohol.«

»Das ist für Harry«, erklärte Nathalie und ließ Wasser in einen Topf laufen.

»Egal, welcher Alk? Hauptsache, er dröhnt?«, fragte ich.

»Nein.« Knarz. »Das sind Lebensmittel, die er wegen seiner Allergie meiden soll.«

»Der Ärmste! Alles Gute ist gestrichen?«

»Ja, er tut sich schon schwer damit. Vor allem, weil er auf unseren abendlichen Schoppen verzichten muss. Das kommt ihn hart an.«

»Soll ich den Wein für die Soße dann weglassen?«

»Nein! Auf keinen Fall!«, entrüstete sie sich. »Nachher schmeckt's nicht!«

Eine halbe Stunde später saßen wir zu viert am Tisch, den Harry »schon vor einer Stunde!«, wie er mehrmals betonte, gedeckt hatte.

»Die Nudeln sind dir wirklich gelungen«, schwärmte ich.

»Aus Versehen.« Harry grinste seine Frau an.

Und Chris meinte: »Dia schmecket fascht so guat wia de kaufde.«

Nach dem Essen und einem Verdauungsschnäpschen machten Chris und ich uns auf zu Oma Hilde in die Seniorenresidenz.

»Warum hot denn dr Ramon an Weiberpulli a?« Chris starrte auf den Herrn, der uns in einem paillettenschweren Oberteil entgegenkam.

»Das nimmt hier irgendwie ungeahnte Auswüchse an«, antwortete ich schulterzuckend.

Ramon Krause, das Unikum der Seniorenresidenz und engster Vertrauter meiner Oma, tänzelte schon auf uns zu.

»Einen wunderschönen Nachmittag wünsche ich den Herrschaften!«, säuselte er.

Kurze Verbeugung in Richtung Chris und schon riss er meinen Arm kurz vor seinen Mund, um einen Handkuss zu hauchen. Der große, schlanke Mann mit schmalem Bärtchen auf Oberlippe und Kinn wirkte trotz glamouröser Damengarderobe nicht lächerlich. Sein graues, welliges Haar war mit Pomade sorgsam nach hinten gekämmt.

»Gnädiges Fräulein.«

Chris grinste. Einmal im Monat tat ich ihm den Gefallen und nahm ihn mit zur Teestunde, einem gesellschaftlichen Ereignis, das Ramon ins Leben gerufen hatte. Ramon Krause behauptete, das uneheliche Kind eines spanischen Grafen und einer Dame aus altem Hamburger Adel zu sein. Seinen Nachnamen hatte er von der Frau angenommen, die ihn an Kindes statt an ihren Busen gedrückt hatte, nachdem weder Spanier noch Adel sich kümmern wollten. Frau Krause hatte alle Energie in die blaublütige Erziehung des Knaben gesteckt und es wahrlich gut gemacht. Ramon war erlauchter als jeder Edelmann.

So kam es, dass er hier inmitten der Alten und Greisen mit Grandezza nur so um sich schmiss und unermüdlich in seinen Bemühungen war, aus den Bewohnern leidlich ebenbürtige Gegenüber zu machen. Zufrieden war er nur mit meiner Oma Hilde. Die tat sich leicht, da sie aus einer alten Hamburger Kaufmannsfamilie stammte, die Wert auf gute Sitten gelegt hatte. Schon die Tatsache, dass beide aus dem Norden stammten und hier im Württembergischen gelandet waren, hatte beide einander nähergebracht.

Irgendwann konnte Ramon das angeblich so schlimme Geschlürfe und Geschmatze der anderen im Speisezimmer nicht mehr ertragen und beschloss, in der Seniorenresidenz einen Benimmkurs anzubieten.

Die anfängliche Empörung der Mitbewohner wich bald allgemeiner Zustimmung, als bekannt wurde, dass ein Teil des Kurses »Nippen aus kleinen Gläsern« hieß. Das bedeutete, entgegen der Hausordnung, Alkohol vor achtzehn Uhr.

Die Schlitzohrigen unter den Senioren behaupteten, dass ihnen dieser Teil des Seminars am schwersten gefallen sei, und baten um mehrmalige Wiederholung. Vielleicht gestaltete sich deshalb die Teestunde bald zu einem Brimborium, das die erstaunlichsten Blüten trieb. Teilnahmebedingung war ausgewählte Kleidung. Die Bandbreite hatte sich mir allerdings immer noch nicht erschlossen.

»Du kasch alles azieha, was du au in d' Kirch azieha dätsch«, riet Chris mir, als ich einmal nicht so ganz sicher war, was standesgemäß von uns in puncto Kleiderordnung erwartet wurde.

»Ah ja«, antwortete ich mit Stirnfalten, so tief wie Straßengräben.

Ich hatte keine Ahnung, was man zum Kirchgang anzog.

»Hochgeschlossen und alles bedeckend«, sagte Nathalie und grinste.

»Glänza muass au ebbes«, warf Chris ein, »und glitzra!«

»Hm.«

»Stell dir vor, du gehst zu den Wagner-Festspielen.«

»Ah so! Also vorn à la Merkel, recht freizügig.«

»À la Merkel wird bei dir nicht funktionieren, à la Brett vielleicht«, warf Harry ein, der sich prompt böse Blicke einhandelte.

Na ja, einen bösen Blick. Von mir.

Die anderen amüsierten sich.

So plünderten Chris und ich an den jeweiligen Sonntagen sämtliche Kleiderschränke, die uns zur Verfügung standen.

Heute trug ich Dirndl und einen großen Hut. Um das Mieder halbwegs auszufüllen, hatte ich quasi an den Knien angefangen, Fett nach oben zu schieben und es im Push-up zu sammeln.

»Nicht übel!«, fand ich und freute mich über meine prall erscheinenden Brüste.

Der Sohn meiner besten Freundin genoss das Theater um die Etikette und spielte jedes Mal begeistert mit. Er hatte sich für beigefarbene Feincordhosen und einen dunkelgrünen Samtblazer mit Puffärmeln und ausgestelltem Schößchen entschieden, der einst zu Nathalies gutem Kostüm gehört hatte. Dazu ein cremefarbenes Hemd mit geblümter Krawatte. Perfekt!

Ramon hielt noch immer meine Hand und sah mich erwartungsvoll an.

»Gnädiger Herr.« Ich deutete einen Knicks an. »Wo weilt meine Großmama?«

»Die gnädige Frau macht sich gerade frisch für den Teeempfang. Soll ich die Herrschaften nach oben geleiten?«

»Wir finden den Weg, vielen Dank.«

Ich zwinkerte Ramon zu und wir stiegen die Treppe hinauf. Eine mir noch unbekannte Dame in langer Abendgarderobe und mit stark geschminkten Augenbrauen kam uns entgegen.

»Wo legen wir denn heute an?«, fragte sie mit tiefer, rauchiger Stimme.

»Wie bitte?«

»Wo legen wir denn heute an? In welchem Hafen?«

Ich betrachtete sie genauer. Die Augenbrauen waren offensichtlich mit Kugelschreiber bearbeitet worden.

Etwas unsicher antwortete ich: »Konstanz.«

»Konstanz?«, brummte sie, »da stimmt doch was nicht.« Damit schritt sie an uns vorbei die Treppe hinunter.

Chris kicherte leise. »Konschtanz, wie kommscht denn da drauf?«

»Keine Ahnung, aus welcher Hirnwindung das grad gekrochen kam. Ich wollte sie nicht aufs Meer rausschicken.«

Oma Hildes Zimmer lag neben der Bibliothek. Aus praktischen Gründen, wie sie uns erklärte. Wenn sie nicht schlafen konnte, setzte sie sich einfach ins Nebenzimmer und las, bis ihr die Augen zufielen.

»Oh, meine zwei Hübschen! Da seid ihr ja endlich. Habt ihr Ramon gesehen? Ehrlich, ich glaub, der wird langsam wunderlich, der alte Knabe. Heute wollte er unbedingt meinen Theater-Pullover anziehen.« Fröhlich schwatzte sie drauflos und umarmte uns nacheinander.

Sie trug ein langes schwarzes Kleid und eine Stola, in die kleine Perlen eingewebt waren. Sie sah umwerfend aus.

Chris blieb an der Tür stehen und starrte sie an. »Oma Hilde, du siehsch aus wia dia Cruella de Vil aus de hondertundois Dalmatiner«, brach es aus ihm heraus.

Sie schaute ihn fragend an.

»Aber in schee«, schob er nach, »in wonderschee.« Er machte eine kurze Pause, um dann ganz langsam und deutlich zu sagen: »Quasi bonfortionös.«

Oma Hilde und ich schauten uns verdutzt an.

»Des han i vom Ramon glernt.« Er lächelte spitzbübisch.

Oma lachte laut auf: »Das hast du sehr schön ausgedrückt. Sehr vornehm. Da danke ich dir vielmals für das hinreißende Kompliment.«

»Ja, der Ramon.« Oma Hilde blieb beim Thema. »Auf Hans reagiert er immer aggressiver.«

Seit einiger Zeit belieferte Harrys Onkel Hans die Seniorenresidenz Schloss Krellberg mit frischem Gemüse und Eiern von seinem Hof. Unsere erste spontane Lieferung vor einer Weile hatte diese Geschäftsverbindung ins Rollen gebracht.

»Eine Win-win-Situation für beide Parteien«, hatte Oma Hilde festgestellt.

Und das war es in der Tat. Gewonnen hatte besonders Oma Hilde, denn obwohl Onkel Hans ein paar Jahre jünger war als sie, verstanden sich beide ausgezeichnet. Die Auslieferungszeiten verschob Onkel Hans irgendwann auf nachmittags und dehnte sie so lange aus, bis beide ihr Glas Sherry in der Bibliothek getrunken hatten. Natürlich getarnt, aus Kaffeetassen.

Ramon allerdings war von der neuen Freundschaft der beiden weniger begeistert. Seit Beginn der Lieferungen mäkelte er am Gemüse von Onkel Hans herum. Die Salatblätter waren zu schlabbrig oder zu zäh, die Karotten zu welk oder zu klein und die Eier hatten zu blasse Dotter. Onkel Hans' Erklärungsversuche, dass das Gelbe nur mit Farbzusätzen so kräftig wie bei den Eiern aus dem Supermarkt werde, kommentierte Ramon sehr aussagekräftig mit »Pffff«.

»Gestern hat Ramon eine Made in einer Himbeere gefunden. Mit Mordio ist der auf den Stuhl gesprungen und hat die Beere quer durch das Speisezimmer gepfeffert!«, erzählte Oma Hilde kichernd.

»Nein!«

»Wenn ich es euch sage!« Sie nickte zur Bekräftigung. »Der Himbeermatsch klebt immer noch unter der Decke. Er hat steif und fest behauptet, Onkel Hans hätte sie ihm mit Absicht untergejubelt.«

»Des glaub i net!«, sagte Chris. »Des schau i mir a.«

»Ja, lauf nur, du kannst Ramon ein wenig zur Hand gehen.« Oma Hilde nickte freundlich.

»Derf i späder mit dr Wii schpiela?« Fragend schaute er zu mir.

»Wenn niemand damit kegelt oder singt, klaro«, sagte ich und nahm meinen Hut ab.

Schloss Krellberg war der Sitz einer Alters-Wohngemeinschaft, die zunächst versuchsweise gestartet worden war. Oma Hilde hatte Jahrzehnte allein dort gewohnt und sich immer ein wenig einsam gefühlt. Zahlreiche Aktivitäten und Besucher hatten daran nichts ändern können. Beim Tanzen hatte sie irgendwann Ramon kennengelernt und es entwickelte sich über die Zeit eine enge Freundschaft. »Rein platonisch«, beteuerte sie immer wieder. Als Ramon vor ein paar Jahren durch den Börsencrash in finanzielle Notlage geraten war, bot Oma ihm an, zu ihr zu ziehen. Als Familienzuwachs quasi. Die beiden kamen so gut miteinander zurecht, dass beschlossen wurde, zwei weitere Freunde als Mieter aufzunehmen. Auch das funktionierte ohne größere Probleme. Als weitere Anfragen kamen, machte Oma Hilde Nägel mit Köpfen, gründete den Verein »Schloss Krellberg Residenz« und ließ das Schloss altersgerecht umbauen. Nun war es eine Wohngemeinschaft für Ältere.

Man konnte ein Zimmer beziehen, solange man nicht voll pflegebedürftig war. So fanden sich hier ältere Herrschaften zusammen, die der Einsamkeit entfliehen wollten. Das Kochen und die Pflege des Parks, kleinere Reparaturarbeiten und die Planung der Freizeit übernahmen die Bewohner selbst.

Die Wii hatte zu einer der ersten Anschaffungen gehört und lief am Anfang heiß. Jetzt hatte der Andrang nachgelassen. Da Nathalie zuhause keine Spielekonsole duldete, nutzte Chris seine Chance immer weidlich aus. Meistens lockte er jedoch unabsichtlich die »Zocker« der Residenz in den Sportraum. Seine Spielzüge kommentierend, laute Begeisterungsschreie von sich gebend oder hämisches Gelächter verdarben ihm dann gewöhnlich bald die Lust am Spiel.

Als Chris die Tür hinter sich geschlossen hatte, schaute Oma Hilde mich fragend an.

»Du hast doch was?«

»Da stimmt doch was nicht!«, imitierte ich die Kugelschreiber-Dame von der Treppe.

»Ah, ihr habt unseren Neuzugang schon getroffen. Sie ist seit einer Woche bei uns. Zwar schon ein bisschen tüttelig, aber sehr nett. Wie hat sie ausgesehen?«

»Bisschen viel Kugelschreiber vielleicht, sonst gut. Für ’nen Ausflug im Konstanzer Hafen zurechtgemacht.«

»Auf ewiger Kreuzfahrt«, sagte Oma Hilde. »Ist eigentlich ein Segen, wenn man drüber nachdenkt.«

»Ja, wenn das Misstrauen nicht überhandnimmt.« Mit tiefer Stimme äffte ich sie noch einmal nach: »Da stimmt doch was nicht!«

»Und bei dir? Wie geht es mit Martin?« Prüfend sah sie mich an.

Bei Oma Hilde fand ich immer ein offenes Ohr und ein offenes Herz. Mit ihrer Weisheit, die sich aus einem opulenten Fundus an Lebenserfahrungen bediente, konnte sie zu jedem Thema, das mich bedrückte, etwas Hilfreiches beitragen. So hatte ich schon ein paar Mal darüber gejammert, dass Martin sich in letzter Zeit völlig verändert hatte.

Er war erst vor ein paar Monaten von seiner Studienreise aus Amerika zurückgekehrt. Vorher waren wir fast acht Jahre ein Paar gewesen, das sich mit der Abreise in seine Einzelteile zerlegt hatte. Ich hatte gelitten wie ein Tier und versucht, mich durch wechselnde Bekanntschaften wieder zu komplettieren. Allerdings musste ich in dieser Zeit erkennen, dass das nicht so einfach war. Deshalb war ich froh, als Martin zurück nach Ulm in die Pfuhler Tierklinik kam und wir wieder ein Paar wurden. Wir dachten beide, es könnte funktionieren.

»Das ist der Zweck einer Reise, dass man sich verändert«, fand Oma Hilde.

Ich sah hinunter auf den Park. Ramon und Chris deckten den Gartentisch für den Tee ein. Sammeltassen fanden nach Jahren wieder ihren Weg ins Licht. Sorgfältig wurden schön geschliffene Likörgläschen zwischen den Gedecken arrangiert. Sonntags galt die Achtzehn-Uhr-Regel nicht.

»Die Verbindung fehlt. Das Vertraute.« Ich schaute zu Oma Hilde und fuhr dann ratlos mit der Hand durch die Luft. »Vielleicht genüge ich ihm nicht mehr. Wer weiß, welche Wünsche da drüben bei ihm geweckt wurden.«

Mit Schwung positionierte ich mich auf dem Fensterbrett. Auf beide Arme gestützt, starrte ich auf die gegenüberliegende Wand. Meine Dirndlschuhe drückten.

»Konkreter«, kam Oma Hildes fordernde Stimme.

»Es ist nur so ein Gefühl.«

Schulterzuckend versuchte ich Ereignisse zu ordnen und interpretieren. Tausend kleine Ärgerlichkeiten tanzten in meinem Kopf, zerrten an meinen Nerven und vor allem an meinem Selbstbewusstsein. Einzeln würde keine davon als plausibel genug für echte Beziehungsprobleme durchgehen. Selbst insgesamt gesehen reichten sie nicht aus, um meine Unruhe zu erklären.

»Egoistisch. Ja, egoistisch. Es geht nicht mehr um uns, es geht nur noch um ihn«, sprudelte es aus mir heraus. »Ich kann es nicht genau festmachen. Früher war alles so unkompliziert, jetzt ist alles immer so ...«, ich suchte nach dem passenden Ausdruck, »profan.« Bei diesem Wort äffte ich Martins tiefe Stimme und seinen gelangweilten Gesichtsausdruck nach. »Als ob Mister Weltgewandt in Ulm auf einmal keine Luft mehr bekommt.«

Ich schaute wieder in den Park hinunter. Chris drapierte, auf einem Stuhl stehend und vornübergebeugt, Blüten auf der weißen Decke.

»Und keine Lust mehr bekommt?«, fragte Oma Hilde.

Mein Kopf schnellte wieder herum und ich schaute entgeistert auf Oma Hilde. Das war ein Thema, das ich eigentlich gar nicht anschneiden wollte. Nun hatte eine Verhörspezialistin meine versteckte Sorge ans Licht gezerrt.

»Ja genau, die auch nicht mehr. Hier fehlt die frische Brise.«

»Totale Flaute?«, hakte Oma Hilde nach.

»Dümpeln vor der Küste. Hafenorientiert.«

Mit einem Zischen sog Oma Hilde scharf die Luft ein. Über dieses Thema sprachen wir immer in Metaphern. Generationsübergreifend. Mein Vater hatte sich immer des Fliegerjargons bedient und Oma, als Kind des Nordens, der Seefahrt. Sie würde es nicht über sich bringen, die Dinge beim Namen zu nennen, aber Bilder beschrieben mitunter die Situation sowieso wesentlich deutlicher.

»Hast du versucht mit ihm zu reden?«

»Er weicht aus oder begegnet mir mit völligem Unverständnis. Es wäre doch alles wie immer und ich sei eindeutig überspannt.« Resigniert sanken meine Schultern nach unten. »Überspannt! Ich! Der spinnt doch.«

»Ganz von der Hand zu weisen ist das nicht, Sina.«

»Wie meinst du das?«

»Du hast dich auch verändert.« Sie schaute mir tief in die Augen. »Nenn es weiterentwickelt, wenn es dir damit besser geht.« Dabei stand sie auf, kam zu mir ans Fenster und legte die Hand auf meinen Arm. »Veränderung ist auch ein Zeichen von Reifung. Nur auf die Richtung musst du achten.«

Zärtlich gab sie mir einen Kuss auf die Stirn und drehte sich wieder zum Sessel.

»Wie geht's denn Nathalie?«

Die Frage kam ganz unvermutet. War ich jetzt schon durch? War mir die Richtung denn schon mit versteckten Hinweisen, wie es Oma Hildes Art war, vorgegeben?

»Ist sie in der Galerie noch glücklich?«

Nun gut, dann eben Themenwechsel.

»Die Folldow gibt ihr ganz schön Saures. Wenn einer überspannt ist, dann die.«

»Die Ausstellung steht doch vor der Tür, da hat sie bestimmt viel zu tun.« Oma Hilde ließ sich nicht von ihrem neuen Kurs abbringen.

»Ja sicher, aber sie hat eine Praktikantin bekommen. Sybilla. Sybilla Taureau. Heißt glaub ich Stier auf Deutsch. Ganz eine Hübsche. Martin meint, sie sieht aus wie eine Eskimo-Elfe.«

»Aha.«

»Finde ich ein bisschen übertrieben. Aber sie interessiert sich für alles! Studiert Kunstgeschichte in Heidelberg und hat vorher zwei Semester Journalismus in Karlsruhe gemacht.«

Oma Hilde musterte mich ruhig.

»Nathalie findet sie voll nett …« Ich zögerte kurz. »Wir waren mal mit ihr abends unterwegs. Sie ist ganz okay. Irgendwie ein bisschen anstrengend, ich kann's noch nicht festmachen.«

Ich zupfte an meinem Finger, von dem sich ein Stück Nagelhaut störrisch abspreizte.

»Na ja, sie himmelt Martin vielleicht ein bisschen zu sehr an.«

Zupfen.

»Das nervt.« Ich versuchte das Stück abzukauen. »Und dass Nathalie so begeistert von ihr ist, nervt auch.«

War das Teil aber hartnäckig! Ich kaute weiter darauf rum.

»Noch mehr eigentlich.«

Kein Kommentar von Oma.

»Nathalie meint, ich soll ihr eine Chance geben. So als Freundin und so.«

Das blöde Ding war nicht zu packen.

»Mittwochabend gehen wir zusammen ins Tierheim. Putzdienst. Sie hat sofort angeboten mitzugehen.«

Ich verrenkte meine Hand, um von der anderen Seite anzugreifen.

»Du weißt ja, wie nötig wir jede Hand dort brauchen. Da bin ich schon froh.«

Es schien mir, als ob sich ein kritischer Zug um Oma Hildes Mundwinkel einnistete.

Ein unbehagliches Gefühl kroch mir die Schultern entlang. Was hatte ich getan oder gesagt? Ich schaute verlegen aus dem Fenster.

Gerade kam Ramon mit einer Etagère um die Ecke, auf der sich kleine Gurkensandwiches stapelten. Chris dahinter mit einem großen Teller voller Kekse. Sie stellten beides zwischen die Blumen, betrachteten kurz ihr Werk, nickten sich im Einverständnis zu und gingen schnellen Schrittes wieder ins Haus. Die Wii war anscheinend vergessen.

»Weißt du, Sina, die Unruhe, die du spürst, mag Martins verändertem Verhalten geschuldet sein«, brach Oma Hilde die Stille.

Mein Blick wanderte zu ihrem Sessel. Sie zupfte leicht an ihrem Ärmelsaum. Ihre Unterlippe schob sich fast unmerklich vor und zurück, als suchte sie nach den passenden Worten. Dann schaute sie auf.

»Es wäre nun wichtig, auf bewährte Skipper zu setzen. Sie mögen zwar immer die gleichen, nur noch selten atemberaubende Routen befahren, sie haben das Schiff an deiner Seite aber immer in einen Hafen gebracht.« Die Unterlippe rutschte hin und her. »Und manchmal sind vertraute Lüftchen, seien sie noch so flau, die Vorboten für einen kräftigen Wind, der die Segel bläht und das Schiff zu neuen Ufern treibt.«

Aha! Interessant!

Keine Ahnung, was sie damit meinte.

Gerade als ich um erklärende Worte bitten wollte, ertönte ein helles Klingeln.

Ich drehte mich wieder zum Fenster. Chris stand neben der feierlich gedeckten Tafel, strahlte und schwenkte ein Glöckchen. Das Zeichen für den Beginn der Teestunde.

»Es isch agrichtet!«, rief er mit seinem hellen Stimmchen.

»Na dann wollen wir mal in den Zirkus hinunter.«

Oma Hilde stand auf. Wahrscheinlich stand mir ein dickes Fragezeichen auf der Stirn, denn sie kam lächelnd auf mich zu.

»Im entscheidenden Moment wirst du wissen, was ich meine.« Sie nahm meine Hand. »Du bist ein Glückskind, Sina, und wirst auch das überstehen.«

Überstehen? Was überstehen?

Mein Handy klingelte. Unbekannt.

»Sänger hier.«

»Grüß Gottle, Frau Sänger. Mein Name ist Gerlemann. Frau Hecht in der Galerie Folldow hat mir freundlicherweise

Ihre Nummer gegeben. Das heißt, ich habe sie ihr aus der Nase gezogen. Nicht dass Sie denken, sie streut Ihre Nummer leichtfertig unter die Leute.«

»Was kann ich für Sie tun, Herr Gerlemann?«

Mit Hand und Kopf deutete ich Oma an, dass sie schon vorgehen solle.

»Ja, also, meine Frau und ich sind vom ›grau-roten Traum‹ außerordentlich begeistert.« Erwartungsvolle Stille.

Grau-roter Traum? Was für ein grau-roter Traum? Ganz tief zwischen den Synapsen sprangen kleine Funken hin und her, die sich hektisch bemühten, eine Verbindung in die Erinnerung herzustellen, aber ich kam nicht drauf.

»Frau Sänger?«

»Ja, ich bin am Apparat.«

»Ich dachte schon, die Verbindung ist weg, es war so still. Ja, ähm, wir wären interessiert daran, das Bild zu kaufen, und noch weitere Bilder von Ihnen zu sehen.«

Bilder! Das war es! Die Funken hatten die Leitung gefunden. Nathalie hatte mir in einer E-Mail von einem Mann geschrieben, dem sie eines ihrer Bilder unter meinem Namen verkauft hatte. Mir war das nicht recht, mich mit fremden Federn zu schmücken. Gar nicht recht. Nathalies Beweggründe konnte ich zwar nachvollziehen, aber nicht akzeptieren. Wie brachte ich diesem Gerlemann die Wahrheit schonend bei? Vor allem, ohne Nathalies Glaubwürdigkeit zu demontieren?

»Ach so, ja …« Ich bemühte mich um eine unverfängliche Stimmlage. »Wie wäre es, wenn wir uns auf einen Kaffee treffen und dann über alles reden?«

Ein langgedehntes »Jaaaa«. Er wunderte sich bestimmt, warum wir erst Kaffee trinken mussten, bevor er das Bild bezahlen durfte.

»Ja, in Ordnung«, schob er hinterher. »Was schlagen Sie vor?«

Schnell ging ich Ulms Cafeterien durch. Wenn er fünfzehnhundert Euro für ein Bild von Nathalie zahlen konnte, dann gehörte er wahrscheinlich eher zu den gediegenen Typen.

»Im Einstein? Mittwoch um halb sechs?«

»Ja, das passt gut. Oder, Gisela? Mittwoch um halb sechs im Einstein?«

Ich hörte eine weibliche Stimme etwas murmeln.

»Meine Frau sagt, das geht in Ordnung.«

»Abgemacht! Dann bis Mittwoch.«

»Ja, Frau Sänger, bis Mittwoch siebzehn Uhr dreißig. Wir freuen uns schon jetzt. Auf Wiederhören!«

Nachdenklich steckte ich das Handy in meine Handtasche. Der würde doch wohl nicht vom Kauf zurücktreten, nur weil das Bild nicht von mir war, wenn ich ihm die Wahrheit beichtete. Quatsch! Nathalie hatte so euphorisch von ihm erzählt. Abgesehen von der Tatsache, dass er prompt zustimmte, als die Pferde mit ihr durchgingen und die Zahl fünfzehn aus ihrem Mund sprang, hatte er auch sonst bei ihr einen sehr großen Stempel auf der Karte mit den Sympathiepunkten hinterlassen. Man würde sehen. Jetzt musste ich mich sputen, um nicht zu spät zum Teeempfang zu erscheinen.

An der schön gedeckten Tafel hatten sich alle eingefunden. Hüte wankten, Federn wehten, es glitzerte an allen Ecken. Phantasievoll hatten sich die Senioren an außergewöhnliche Modeexperimente gewagt. Und sie genossen es offensichtlich.

Fröhlicher Plausch erfüllte den Garten.

Ramon goss aus einer bauchigen Kanne reihum Tee in die Sammeltassen. Oma Hilde füllte kleine verzierte Gläschen mit einem roten Likör aus einer geschliffenen Karaffe. Sehr vornehm. Mit feierlichen Gesichtern hoben alle ihre Gläser. Chris erhob seine Apfelsaftschorle.

Ramon sagte mit fester Stimme: »Mögen uns unsere Gesundheit und unser Geist noch lange erhalten bleiben! Zum Wohl!«

Alle antworteten: »Zum Wohl!«

Nur die Dame mit den Kugelschreiberstrichen im Gesicht betrachtete die hochprozentige Flüssigkeit in ihrem Glas kritisch. »Es gibt Likör? Da stimmt doch was nicht!«

»Mademoiselle. Enchanté!«, sagte Ramon und streckte ihr sein Gläschen entgegen.

»Tee? Echt? Sieht aus wie Likör.«

Nach kurzer Irritation fiel sie ins allgemeine Gelächter mit ein und leerte ihr Glas mit einem Schluck.

»Du musst unbedingt darauf achten, keine Ticks zu entwickeln oder schlechten Angewohnheiten nachzugeben. Das rächt sich sonst im Alter«, hörte ich Ramon zu Chris sagen.

»Wia moinsch denn des?«

Ramon überlegte kurz. »Na zum Beispiel, wenn du dir nicht verkneifen kannst, beim Duschen zu pieseln. Da kann es dir dann passieren, dass du dir im Alter, wenn dir jemand die Haare wäscht, in die Hose machst. Konditionierung nennt man das.«

»Ah, Konsionierung.«

Ramon grinste mich an. »Hat er wieder was fürs Leben gelernt.«

Kopfschüttelnd sagte ich: »Nathalie wird mir den Umgang mit ihm bald verbieten.«

Plötzlich hielt Chris inne. »Isch dir dia Konsitierung scho bassiert?«

Beide starrten wir Ramon an. Die Vorstellung, dass einem feinen Herrn solch ein Malheur passierte, war irgendwie erschreckend.

»Ich habe keine schlechten Angewohnheiten, mein Freund.« Er lächelte. »Ich bin gefeit.«

Chris schien erleichtert.

Es wurde noch ein schöner Nachmittag mit viel Tee und noch mehr Likör.

Am Mittwoch war ich pünktlich im Kaffee Einstein. Es war relativ wenig los, so dass ich aus den erwartungsvollen Blicken eines älteren Ehepaares schloss, dass es wohl die Gerlemanns waren.

Nach der Begrüßung rückte ich sofort mit der Wahrheit heraus und erzählte ihnen von Nathalie und ihrem unglaublichen Talent und dass sie mich aus Bescheidenheit vorgeschoben hatte. Beide reagierten voller Verständnis und freuten sich offensichtlich an uns und unserer Freundschaft. Sie erkundigten sich ausführlich über Nathalie und ich schwärmte von ihren Bildern, was das Zeug hielt.

»Mich würden schon noch andere Arbeiten von ihr interessieren«, meinte Frau Gerlemann nach einer Weile und schaute ihren Mann vielsagend an.

Der nickte.

»Bei mir daheim hab ich einige Bilder hängen«, antwortete ich nachdenklich. »Fotos! Ich mache immer Fotos von ihren fertigen Sachen.« Ich klatschte mir an die Stirn. »Ich habe doch meinen Laptop dabei!«

Mit wachsender Begeisterung scrollten wir durch Nathalies Galerie.

»Das ist toll!«

»Sehr schön!«

»Beeindruckend!«

Das Lob der beiden steigerte sich.

Herr Gerlemann wurde richtig aufgeregt. »Das nenn ich mal Talent!« Er schüttelte mit dem Kopf. »Dass das noch keiner entdeckt hat?!«

»Das hat fast noch keiner gesehen«, antwortete ich.

Und dann hatte Herr Gerlemann eine Idee. »Wir könnten eine Ausstellung organisieren!«

»Au ja, im Foyer der Firma!«, stimmte Frau Gerlemann sofort begeistert zu.

Das waren ja tolle Aussichten! Da könnte Nathalie endlich mal zeigen, was sie auf der Pfanne hatte.

Frau Gerlemann holte einen Block und Stift aus ihrer Tasche und fing an, sich Notizen zu machen.

»Das gefällt dir, Gisela, was?« Herr Gerlemann tätschelte ihren Arm.

»Ich sehe schon alles vor mir. Das wird fantastisch«, antwortete sie. »Aber nun muss ich mal kurz um die Ecke.« Sie stand auf und verschwand Richtung Toilette.

»Wohin soll ich die Fünfzehntausend eigentlich überweisen?«, fragte Herr Gerlemann flüsternd.

Ich hatte gerade fünfzehntausend verstanden und musste grinsen. Dann stockte mir der Atem. Fünfzehntausend! Er hatte wirklich fünfzehntausend gesagt!

Ich fing an zu stottern: »Haha, fünfzehntausend.«

»Ja, ich bin mir natürlich im Klaren, dass das nicht gerade ein Schnäppchen ist. Aber mich hat ›Der grau-rote Traum‹ so umgehauen«, er schaute seiner Frau hinterher, »so viele Erinnerungen geweckt.« Er schluckte und redete leise weiter: »Das Bild ist zu mir gekommen und hat verstanden, was ich meiner Frau sagen möchte.« Und nach einer kurzen Pause sagte er: »Wir haben schon immer Freude daran gehabt, unbekannte Talente zu entdecken und zu fördern.«

Ich verstand zwar nicht ganz, aber eines hatte ich kapiert: Nathalies vorlautes Mundwerk hatte ihr einen Sack voll Kohle eingebracht. Unglaublich!

Die würde Augen machen, groß wie Klodeckel. Und eine Ausstellung in Aussicht!

Ruhig bleiben, Sina, ganz ruhig!

Heute nach dem Tierheimdienst würde ich sie anrufen und von der Ausstellung erzählen. Die Bombe mit dem vielen Geld wollte ich mir für Sonntag aufheben. Da hatte ich anlässlich meines Geburtstags Nathalie und Chris zu einem fetten Frühstück eingeladen. Das würde einen Riesenrumms geben.

Als Frau Gerlemann zurückkehrte, verabredeten wir uns zu einer umfassenderen Besprechung mit Nathalie.

Dann verabschiedeten wir uns und ich fuhr direkt ins Tierheim.

Die Mitarbeiter waren, bis auf die Frau, die Nachtwache hatte, schon gegangen. Nach einer kurzen Besprechung mit ihr ging ich zur Abstellkammer und griff mir den Wagen mit den Geräten. Wo blieb Billa denn bloß? Schon zwanzig Minuten über der Zeit. Ich ging zur Tür und hielt Ausschau.

»Hier drüben!«, rief ich und winkte wie wild mit einem Besen, als ich sie auf der anderen Straßenseite erblickte.

Sie schaute in meine Richtung und schien ein wenig zu brauchen, bis sie mich erkannte. Okay, ich hatte Latzhose, Gummistiefel und einen blauen Arbeitskittel an. Meine Haare waren stramm nach hinten gebunden und unter einer Kappe versteckt. Nicht schön, aber es hatte sich bewährt, denn gerade die kleinen Katzen krallten sich mit Vorliebe in meine blonde Mähne. Süß, nur beim Bodenschrubben nicht sonderlich hilfreich.

Billa kam über die Straße. »Hab dich gar nicht gleich erkannt. Meine Kontaktlinsen sind kaputt, ich seh nicht so gut.«

»Hast du keine Brille?«, fragte ich.

»Brille? Nee, geht gar nicht.« Neckisch boxte sie mich in die Seite.

Wahrscheinlich erwartete sie, dass ich verstand, warum Brille gar nicht ging. Tat ich nicht, denn wie wollte sie denn die kleinen Kackhaufen sehen, die sie in den Tierbehausungen entfernen sollte? Ich freute mich trotzdem, dass sie gekommen war. Als sie das Angebot gemacht hatte, im Tierheim zu helfen, war ich sehr angetan gewesen. Hatte ich ihr gar nicht zugetraut. Man soll nie voreilige Schlüsse ziehen, war eine von Oma Hildes Weisheiten.

Wir gingen zusammen hinein.

»Na, dann mal ran an die Wischlappen«, sagte ich und schob sie zum Gerätewagen.

»Ist Martin noch nicht da?«, fragte sie.

»Martin kommt heute nicht. Heute ist Putztag.«

»Aber ich dachte, ich darf bei den Untersuchungen zusehen!«

Bei den Untersuchungen zusehen? Martin kam zweimal die Woche ins Tierheim. Mittwochs normalerweise nie. Außer bei Notfällen.

»Na, vielleicht beim nächsten Mal«, tröstete ich sie. »Heute machen wir die Hundezwinger und Katzenunterkünfte sauber.«

Auffordernd streckte ich ihr Eimer und Schaufel hin und lächelte sie an. Aber keine Hand kam mir entgegen. Sie wanderten beide in ihre Hosentaschen.

Na gut, war vielleicht ein Missverständnis. Sie hatte sich auf was anderes gefreut und nun war Dreck angesagt. Würde mich wahrscheinlich auch ärgern.

»Du darfst zu den Kätzchen«, bot ich an.

Keine Reaktion.

Ich versuchte sie noch mehr zu locken. »Die haben Junge. Ganz niedlich. Putzig, echt putzig.«

Langsam fing es an zu nerven, dass sie keine Reaktion zeigte.

»Katzenallergie«, sagte sie trotzig.

»Wie bitte?«

»Katzen-a-l-l-e-r-g-i-e!«, schleuderte sie mir nun recht barsch entgegen.

»Äh, ja, dann nimmst du die Hunde?«, fragte ich verstört.

Kopfschütteln.

»Die Vögel?«

»Vor denen habe ich Angst.«

»Du hast Angst vor Vögeln?«

»Ornithophobie. Vor denen ekele ich mich.« Triumphierend sah sie mich an.

»Ornitho... echt?« Ich schürzte meine Unterlippe und nickte mit dem Kopf. »Tja, was machen wir denn jetzt mit dir?«, grübelte ich laut. »Futternäpfe waschen?«, fragte ich ganz vorsichtig.

»Nee, ich geh heim.«

Prompt drehte sie um und marschierte von dannen.

Was war das denn? Sie war ja wirklich anstrengend.

Auf der anderen Seite konnte ich jetzt wenigstens anfangen. Die Hunde bellten schon seit geraumer Zeit, weil sie wussten, dass ich gleich mit Leckerlis um mich werfen würde, während ich ihre Zwinger reinigte. Kopfschüttelnd ging ich an die Arbeit.

Am nächsten Morgen rief ich Nathalie aus der Redaktion an. Eigentlich hätte ich schon in der Redaktionssitzung sein müssen, aber ich musste das mit Billa erst noch loswerden.

»Ganz ehrlich, Natze, aber deine Billa hat einen Schuss«, fing ich ohne Begrüßung gleich an.

»Hallo Sina! Ja, das ist mir jetzt nicht so ganz neu.«

»Ich hab zwar grad gar keine Zeit, aber das muss ich schnell erzählen. Ich glaub, die ist nur ins Tierheim gekommen, weil sie Martin sehen wollte. Als es ans Putzen ging, war sie weg. Die hat sie doch nicht mehr alle!«

»Ah ja, Sina, da muss ich dir auch noch was ...«, setzte Nathalie an.

»Was hat sie sich denn vorgestellt? Ich putze, Martin behandelt und sie lässt die Beine baumeln?« Ich kam richtig in Fahrt.

»Ja, beim Arbeiten zuschauen kann sie gut. Aber ich wollte dir noch ...«

»Mann, da hast du dir aber eine Wanze eingefangen!«, unterbrach ich sie. »Ist doch der Hammer, oder? Ich muss jetzt aber los. Hab aber noch was Wichtiges zu erzählen. Mach ich morgen.«

»Die Karten für das Basketballspiel, Sina ...«

»Morgen, Natze, erzähl's mir morgen, ich bin schon spät dran.«

»Aber die habe ich Billa gegeben und die hat gleich eine an Martin weitergereicht!«

»Billa? Mann, welche Verschwendung. Bei mir ist die durch.«

»Ist leider blöd gelaufen. War mir gar nicht recht. Du bist mir nicht böse deswegen?«

»Böse? Nein, warum? Bis morgen!«, rief ich noch.

In Gedanken war ich schon bei der Besprechung.

Am nächsten Morgen fuhr ich mit dem Zug schon sehr früh nach Memmingen. Mein Auftrag hier war, bei der Firma Rohde & Schwarz Recherche zu betreiben. Über die, wie die Firma versprach, weltweit modernste und flexibelste Mobilfunktester-Fertigung. Das bedeutete meistens einige Gespräche, ein paar Fotos und nach drei, vier Stunden würde ich fertig sein und hätte dann den Rest des Tages für mich. Martin und ich hatten früher manchmal die Gelegenheit genutzt und uns einen schönen Tag gemacht.

Früher!

Er wollte heute, an seinem einzigen freien Tag in der Woche, nach Stuttgart fahren, um einen alten Studienkollegen zu besuchen. Unsere gemeinsamen Tage hatten schon seit Wochen oder Monaten mit schön gar nichts mehr zu tun. Wir drifteten in verschiedene Richtungen. Beide stürzten wir uns in unsere Arbeit und hatten nur wenig Zeit füreinander. Meine freie Zeit verbrachte ich meistens mit einem oder mehreren Teilen der Familie Hecht.

Schon die Tatsache, dass Martin mir immer weniger fehlte und es ihm anscheinend mit mir ebenso ging, war bedenklich. Vielleicht brauchten wir einfach nur mal Urlaub. Ich würde mit ihm reden müssen. Heute Abend gleich.

Noch während ich mir Gedanken machte, wie ich ein solches Gespräch beginnen sollte, klingelte mein Handy. Es war die Sekretärin meines Ansprechpartners bei Rohde & Schwarz.

»Frau Sänger, es tut mir sehr leid, aber der vereinbarte Termin muss verschoben werden. Wir haben eine Delegation aus China bei uns, die ihren Aufenthalt kurzfristig um einen Tag verlängert hat, und Herr Steigmüller möchte sich persönlich um die Gäste kümmern. Wäre es für Sie möglich, morgen um dieselbe Zeit zu kommen?«

»Das ist gar kein Problem. Dann sehen wir uns morgen!« Ich verabschiedete mich von ihr.

Wenn nur alle Probleme so leicht zu lösen wären!

Aber fürs Erste ließ ich diese Sorgen zusammen mit einem Euro zehn beim Italiener »Mimo« am Marktplatz und schlenderte gemütlich und zufrieden mit meiner Kugel Eis durch die Gassen in Richtung Bahnhof. Ich rief in der Redaktion an und gab Bescheid, dass ich mit dem nächsten Zug zurückkäme und mich erst morgen den Hightechgeräten für unsere geliebten Smartphones widmen würde.

Ich reckte meine Nase der Sonne entgegen und genoss die Wärme. Vor mir schlenderte ein Liebespaar, eng umschlungen. Seine Hand steckte in ihrer Hosentasche. Sie schmiegte sich an seine Seite.

Mir wurde ganz heiß. Von hinten sahen die beiden aus wie Martin und Billa …

Mit der Zunge lutschte ich ein Eisrinnsal von der Waffel und schielte dabei wieder zu dem Paar vor mir. Eigentlich sollte ich mein Handy nehmen und ein Foto machen. Gerade schob ich mir den letzten, noch viel zu großen Waffelrest in den Mund, um nach meinem Handy zu kramen, da bogen die beiden um eine Ecke. An dem trockenen Gebäck kauend, hastete ich hinterher, blieb kurz stehen, wühlte in meiner Handtasche, fand nichts, würgte an meinem Keks und rannte weiter.

Da waren sie. Auf der anderen Straßenseite standen sie vor einem Kaffee mit Außenbestuhlung. Ich schaute mich um. Hinter mir war das Schaufenster eines Schuhladens. Idealer Spiegel. Jetzt setzten sie sich. Mit dem Rücken zu mir. Er flüsterte ihr etwas ins Ohr. Ich stierte auf die Scheibe. Er küsste sie. Meine Waffel krachte zusammen. Ihre Bruchstücke wirbelten beim Einatmen in die Luftröhre und nach einem rettenden Sprung hinter die nächste Hausecke wieder zurück in die Welt. Den Rest spuckte ich auf den Bürgersteig.

Dass ich, an die Mauer gelehnt, trotz des Rettungshusters immer noch keine Luft bekam, lag daran, dass die beiden nicht nur von hinten, sondern auch von vorne aussahen wie mein Freund und Billa!

Keinen Waffelwurf von mir entfernt saßen Martin Winter und Sybilla Taureau und knutschten.

Luft strömte wieder in meine Lungen. Oder war das alles eine Halluzination?

Unmöglich! Ich musste mich vergewissern. Nur nicht hyperventilieren jetzt!

Vorsichtig schob ich mich an der Wand entlang zur Hausecke. Ich schob meinen Kopf langsam vor und schnellte sofort wieder zurück. Jahrelange »Tatort«-Erfahrung zahlte sich nun endlich aus.

Ich sah nichts.

Noch mal! Ich positionierte mich für einen weiteren Blitzblick.

Vor, zurück! Nichts!

Na, wenn ich den Batic erwischte! So ein Blödsinn! Das funktionierte gar nicht. Bis man scharf gestellt hatte, war der Kopf schon wieder nach hinten geschnellt.

Gut, die zweite Observationsmethode musste herhalten. In die Hocke gehen und vorsichtig mit einem Auge an der Wand vorbeischielen.

Kommissar Batic war rehabilitiert. Ich sah sie. Martin und der Stier.

Ich zog mich zurück, drehte mich zur Wand und rutschte mit dem Hintern an der Wand entlang auf den Boden.

Das konnte doch nicht sein! Martin!

Waren wir wirklich schon so weit auseinandergedriftet, dass er sich mit einer anderen amüsieren musste? Okay, es war nicht mehr so richtig prickelnd gewesen in den letzten Wochen. Der Honig war, wie Oma Hilde es ausdrücken würde, anscheinend schon abgeschleckt. Aber so schlimm war es doch auch wieder nicht! Konnte man doch aushalten! War doch zu reparieren!

Die zwei kannten sich doch vor ein paar Wochen noch gar nicht! Mensch, Martin!

Mein Herz schlug schmerzhaft und kleine Feuerbälle versengten meine Magenschleimhaut.

Ich drehte mich wieder in Richtung Ecke und schob mich langsam nach oben, bis ich aufrecht stand. Vorsichtig lugte ich wieder zu dem Tischchen.

Ohne Zweifel! Da saßen sie. Martin redete mit der Kellnerin und tätschelte Billas Bein.

Ich hatte auch schöne Knie!

Perfekt zum Tätscheln. Voll in Ordnung. Nichts zu mäkeln. Schöne Beine! Warum lag seine Hand dann auf Billas Bein?

Plötzlich löste sich in meinem Magen eine Hitzekugel. Zwängte sich durch die Speiseröhre Richtung Hirn, verzerrte mein Gesicht in eine Hassmaske und ließ eine Wutbombe in den Synapsen explodieren. Ganz kurz leuchtete dabei ein Schild auf, auf dem »Contenance« in Hildes schöner Handschrift stand. Die Detonation verbrannte es zu einem Häufchen Asche.

Aufjaulend sprang ich hinter der Mauer hervor. Mit fünf Riesenschritten stand ich vor dem Tisch der beiden.

Ich schrie Martin an: »Was ist falsch mit meinen Knien?«

Vor Schreck zuckten die beiden zusammen. Auch Gäste an den Nachbartischen erschraken. Löffel klapperten auf die Erde, Bier und Kaffee spritzte auf Tischdecken, Hosen und Röcke. Leute fluchten.

»Nimm sofort die Hand da weg!«, kreischte ich.

Martin erhob sich langsam. »Beruhige dich, Sina. Es ist nicht so, wie du denkst«, stotterte er.

»Es ist nicht so, wie ich denke?« Bei der Frage überschlug sich meine Stimme.

»Doch, es ist genau so, wie es aussieht. Finde dich damit ab!«, quiekte es mir vom Tisch entgegen.

Billa saß aufrecht, schaute mir direkt ins Gesicht mit einem Lächeln, das in meiner Übersetzung »Hau mir in die Fresse« hieß. Sybilla Taureau! Sybilla Bulle! Bullen-Bille!

»Du hast Pause!«, zischte ich in ihre Richtung.

»Sie hat ne Katzenallergie und Ekel vor Vögeln!« Triumphierend wandte ich mich an Martin.

Am Nachbartisch kicherte ein Mann und schnodderte in breitestem Berliner Dialekt: »Na, sieht ma ja nich so aus, als ob die Puppe Angst zu vöjeln hätte.«

»Vor Vögeln, nicht zu!«, giftete ich zu ihm hinüber.

Dann explodierte ich.

Es gab nur noch die Verräter und mich. Die Verbrennungsenergie entlud sich verbal. Brüllend titulierte ich sie mit Tiernamen und Körperteilen. Mein Oberstübchen hatte einiges auf Lager und spuckte imposante Wortschöpfungen in die perplexen Gesichter.

Erst als sich die Frequenz der Beleidigungen verlangsamte und eine kalte Müdigkeit meine geistigen Ergüsse zu lähmen begann, nahm ich die Umwelt wieder wahr. Sämtliche Leute um uns herum hatten sich uns zugewandt und starrten uns an.

Nein, mich. Starrten *mich* an! Die hysterische Hexe, die kreischend ein Liebespaar belästigte.

Martin sah aus wie ein Geist.

Ich straffte mich, wischte mir die Spucke vom Kinn und ging.

Immer weiter.

Irgendwann landete ich in einer Bar.

Mit schlurfenden Schritten stolperte ich in einen Gewölbekeller und schleppte mich zu einem Barhocker. Ich war der einzige Gast.

Martin und die Squaw! Unfassbar!

Wie lange ging das schon? Warum hatte ich nichts bemerkt? Meine Hände griffen wie von selbst nach meinem Kopf und rauften die Haare. Hatte ich denn wirklich nichts bemerkt? Martin war zwar in letzter Zeit sonderbar gewesen. Aber mit so was rechnet doch keiner. Oder?

Wie konnte ich nur so blöd gewesen sein!

»Einen Prosecco bitte«, flehte ich den Barkeeper an. Der entpuppte sich beim Umdrehen als Barkeeperin.

»Wir haben Cocktail-Happy-Hour, Schätzchen.« Sie musterte mich und hatte die Situation sofort erfasst. »Das hilft wahrscheinlich besser über den Kummer hinweg.«

»Cocktail, ja gut, Cocktail«, murmelte ich. »Da nehm ich einen.«

Siedendheiß fiel mir ein, dass ich ja in die Redaktion zurückwollte. Der Zug war wohl abgefahren.

Ich rief kurz an und ließ mir den Tag als Urlaub eintragen. Es wäre mir unmöglich gewesen, über etwas anderes als über gebrochene Herzen zu schreiben.

Unentschlossen studierte ich die Karte, die sie auf den Tresen gelegt hatte.

»Sex on the Beach ist lecker.« Die Barkeeperin schaute mich abwartend an.

Der saß. Ich spürte Waffelteilchen in meiner Luftröhre.

»Bloß nicht«, antwortete ich schnell. »Hat sich ausgesext!«

»Okay … Wie wär's mit Indian Summer?«

»Die Schlampe!«

»Oh … gebrochenes Herz … so schlimm?«

Schlimmer. Und ja, wahrscheinlich würde es das werden: ein gebrochenes Herz. Herzmatsche. Pumpen-Schlamm. Blutiger Herzsumpf. Kein Liebesvogel würde sich jemals überwinden können, hier wieder zu zwitschern, in der Öde! Stinkender Morast und faulender Schlick.

Der Gedanke war neu und schob sich merkwürdigerweise tröstlich über das Bild der sich küssenden Bösewichter. Über Martins zärtlichen Blick. Stinkender Schlamm.

»Skorpion ist zur Zeit der Renner«, meldete sich die verständnisvolle Lady hinter der Theke wieder.

»Ja, da nehm ich sieben bis acht Stück«, seufzte ich.

Zwei Stunden später hatte ich mich durch die Hälfte der Cocktailkarte gearbeitet, war der Muttersprache nicht mehr mächtig und hatte eine neue Freundin.

Ulrike, die Bardame, hatte sich nicht nur mehrmals meine Geschichte angehört, mich schimpfen und fluchen lassen, sondern mich getröstet, mir Mut zugesprochen und mit mir Taktiken ausklamüsert.

Der Boden verschlammte zwischendrin ein zweites Mal, als mir klar wurde, dass Nathalie von der Liaison gewusst haben musste. Sie war es, die die beiden zusammengebracht hatte! Wer wollte denn immer mit Billa Kaffeetrinken gehen? Wir sollten uns um sie kümmern! Ihr eine Chance geben! Und die Basketballkarten! Sie hatte den beiden auch noch ein Nest geliefert: die Ratiopharm-Arena! Und mir nichts gesagt! Nicht mal einen Hinweis, dass sich da was anbahnte! In der Galerie hatten sie doch bestimmt darüber geredet.

Nicht mal einen klitzekleinen Hinweis! Das war der Moment, als Ulrike zu meiner neuen besten Freundin avancierte. Nathalie Hecht, du Verräterin! Judas!

»Gibtsn weiblischn Judas?«

Die Antwort hörte ich nicht mehr. Ich brauchte frische Luft! Unbedingt! Ich rutschte vom Barhocker und wankte nach draußen.

»Sina?«

Ich schaute auf. »Was machsnduhier?« Mit zusammengekniffenen Augen versuchte ich scharfzustellen. Was ich sah, sah aus wie Friedrich. »Lumbri? Bis du das? Machsnduhier?«

»Ich wohne hier. Die Frage ist, was machst du hier?«

»Echt, du wohns hier?« Ich versuchte aufzustehen.

»Ja, schon immer, und du warst schon oft zu Besuch.«

»Ja, weißichdoch.« Der Versuch, mich zu konzentrieren, scheiterte. »Dasiss hier?«

»Mann, Mann, Mann. Sina! Was haste bloß schon wieder verbockt?«

»Ich?« Entrüstet schlug ich mir auf die Brust.

Und fiel wieder nach hinten.

Friedrich ergriff meine Hand und zog mich auf die Beine.

»Das war die Eskimöse. Nich ich.« Ich kicherte. »Die Eskimmmöse.«

»Sternhagelvoll«, brummelte er und warf mich über seine Schulter.

»Wirglich, ichwarbrav.«

»Ja, ja, wie immer«, sagte er und stapfte ins Treppenhaus.

»Lumri, nich so wackln, sonsss wird mir schlecht.«

»Wehe, du kotzt jetzt. Bis oben schaffst du das noch.«

»Nee, wenn du nich venünfich laufen kannss, mussich … speien.«

»Sina, jetzt reiß dich am Riemen. Zefix! Wir sind gleich da.«

»Jetz komms gleich.« Ich schluckte schwer.

»Ich warne dich! Das gibt den Arsch voll!«

»Aschvoll! Hihi, wie im Internat! Aschvoll!«, gluckste ich und schluckte noch schwerer.

Einige Male hatte er mich damals mit der Androhung, mir den Hintern zu versohlen, vor dem Rausschmiss gerettet.

Friedrich hatte damals wilde blonde Locken und einen Oberlippenflaum. Der größte Teil der weiblichen Internatsbewohner betete ihn an. Wahrscheinlich lag es auch an seiner langen grauen Unterhose. Das Beinkleid avancierte zur Inkarnation der Coolness. Eigentlich kann ich mich nicht erinnern, ihn in dieser Zeit anders behost gesehen zu haben. Außer in der Schule, da musste er in »vernünftiger« Kleidung erscheinen. Sobald wir wieder im Internat angekommen waren, stieg er sofort wieder in seine grauen Schlabberhosen. Selbst beim Einkaufen, wenn etwa die Zigaretten ausgegangen waren, schmiss er seinen langhaarigen Schaffellmantel, der so aussah, als ob er ihn in der Puszta einem alten Männlein geklaut hätte, über die Unterhose und ging so zum Kiosk an der Ecke. Ohne T-Shirt oder Hemd. Auch abends in die Disco ging er so. Nur beim ersten Mal hatten die Türsteher kurz eine kleine Szene gemacht. Als mit der Zeit jedoch klar wurde, dass Friedrich wie ein Magnet auf die Mädels der Stadt wirkte, begrüßten sie ihn schon freudig von weitem. Im Schlepptau hatte er meist wechselnde Internatsschülerinnen. Nur ich war jedes einzelne Mal dabei.

Da die Ausgangszeiten für uns sehr streng gehandhabt wurden, erfanden wir raffinierte Wege aus dem und zurück ins Internat. Leider war die Raffinesse der Internatsleiter auch nicht ohne. Wurden wir erwischt, hagelte es Strafpredigten und Zusatzaufgaben. War jedoch offensichtlich Alkohol im Spiel, gab es sogar Internatsausschlüsse. Deshalb versuchten wir immer, die Alkoholleichen im dunklen Park, der das Internat umschloss, zu verstecken, bis der Weg frei war. Es kam allerdings vor, dass sie dort vergessen wurden. Am nächsten Morgen kletterten sie dann fluchend und frierend durch die Fenster ins Haus.

Bei mir schlug der Alkohol immer sofort zu, schon damals war das so gewesen. Ich vertrug eigentlich gar nichts. Leider hatte ich die alles verratende Angewohnheit, wenn ich angetrunken war, also nach spätestens zwei Bier, meiner Rolling-Stones-Manie nachzugeben und volle Lunge »Let's spend the night together« durch den nächtlichen Park zu grölen. Friedrich passte deshalb auf, dass ich nichts Alkoholisches zu trinken bekam. Diese Bewachung spornte mich natürlich erst recht an. Meist trank ich heimlich aus seinem Glas. Und meist zu viel. Bei einer dieser Gelegenheiten drohte er mir den Hintern zu versohlen, wenn ich nicht endlich aufhören würde zu singen. Da das öfter vorkam, wurde diese Drohung zu einem geflügelten Wort. Und jedesmal beschimpfte ich ihn dafür. Er nahm mich erstaunlicherweise trotzdem immer wieder mit.

Bis oben in die Wohnung schaffte ich es, ohne dass mir was aus dem Gesicht fiel.

Friedrich trug mich direkt vor die Toilettenschüssel, mit der ich umgehend eine tiefgründige Unterhaltung begann.

Als ich alle meine Sorgen in die Kloake gewürgt hatte, stellte er mich ans Waschbecken.

»Zähne putzen!«

Vor mir tauchte eine geladene Zahnbürste auf.

»Ich bin so müde«, quengelte ich.

»Erst Zähne putzen!«

Unnachgiebig hob er meine Hand hoch und drückte die Bürste hinein.

Der Versuch, das Ding in meinen Mund zu stecken, schlug fehl. Kurz vorher wurde der Arm so unendlich schwer, dass die Zahnpasta auf meinem Kinn landete.

»Geht nich mehr.«

Meine Hand fiel mit Inhalt nach unten und klatschte ins Becken.

»Das darf doch nicht wahr sein!«

Friedrich nahm die Bürste, schmierte wieder Zahnpasta drauf und forderte: »Zähne zeigen!«

Er stand vor mir und riss wie Mütter, wenn sie ihre Babys füttern, den Mund auf.

Langsam öffnete ich den Mund und schloss ihn wieder.

Friedrich tat das Gleiche.

Noch einmal. Er sah aus wie großer Vogel, der den Schnabel aufriss.

Ein kleiner Kicheranfall hatte leider zur Folge, dass sich die Kloschüssel noch eine Geschichte von mir anhören musste.

Danach erfolgte die Zahnreinigung ohne weitere Sperenzchen.

Langsam schleppte ich mich mit wundem Hals, aber mintfrisch auf die Wohnzimmercouch. Friedrich hockte sich vor mir auf den Teppich. Mit einem warmen Waschlappen säuberte er mein besudeltes Gesicht und klaubte undefinierbare Brocken aus den Haaren.

Ich schlief ein.

Am nächsten Morgen wachte ich auf, weil mich etwas an der Nase kitzelte. Friedrich stand vor der Couch und ließ ein Handtuch über meinem Gesicht baumeln.

»Du musst aufstehen, Sina.«

»Ach nö!«, brummte ich.

»Doch, ich muss in die Apotheke und du zu deinem Termin, von dem du mir gestern noch was vorgelallt hast. Höchste Zeit, dich frisch zu machen.«

»Na gut.« Langsam stand ich auf und schleppte mich ins Bad. Den Blick in den Spiegel vermied ich. Hatte eh kein Schminkzeug dabei.

Frisch geduscht und zumindest mit geputzten Zähnen ging ich später in die Küche. Friedrich lehnte mit einer Tasse Kaffee in der Hand am Küchenschrank.

»Alles wieder gut?«, fragte er und stupste mir auf die Nase, als ich vor ihm stand.

»Wenn du körperlich meinst, sehe ich wieder Licht im Ablaufstrudel«, antwortete ich mit noch schwerer Zunge. »Alles andere wird nie wieder gut.«

Martins Gesicht an Sybillas Hals. Dieses Bild hatte sich auf meine Netzhaut gebrannt. Wahrscheinlich konnte man das nur noch mit Laser oder durch Transplantation entfernen. Vielleicht ausradieren, wenn ich lange genug mit den Augendeckeln klimpern würde.

»Bist fertig mit der Welt, hm? Willst drüber reden?«, fragte Friedrich leise und strich mir eine nasse Strähne aus der Stirn.

»Ist nichts da zum Erzählen. Ich bin eine Verschmähte. Schon ist alles gesagt.«

»Das wird schon wieder.« Tröstend streichelte er meine Wange.

Ich schüttelte vorsichtig meinen Kopf und schmiegte mich an ihn. Wie gut er roch!

»Warum bist du eigentlich noch nicht unter der Haube?«, murmelte ich und sog tief die Mischung aus Herrenduft und frischer Wäsche ein. »Du siehst irre gut aus, bist voll lieb und versorgen kannst du dich auch.«

Ich stemmte mich ein wenig ab und musterte ihn. Diese Frage hatte ich mir noch nie vorher gestellt. Sicher, ich hatte einige Freundinnen von Friedrich gekannt. Sah sie kommen und gehen. Hatte mir nie weiter Gedanken darüber gemacht. Er war ja für mich trotzdem immer da gewesen.

Ich erinnerte mich plötzlich wieder an die Bootsfahrt mit Onkel Hans und das merkwürdige Kribbeln, das ich mehrmals an diesem Tag gehabt hatte.

»Ich bin eine schlechte Freundin, stimmt's?« Katzenjammer überkam mich. »Eine sitzengelassene Olle mit hässlichen Beinen, die sich nicht genug um ihren besten Freund kümmert.«

Rotzblasen kamen aus meiner Nase. Friedrich griff schnell nach der Küchenpapierrolle.

»Na, na, na. Ist ja schon gut. Pscht!«

Kräftig schnäuzte ich in den Zellstoff.

»Nein, es stimmt doch! Nach all den Katastrophen, als Martin weg war, habe ich mich immer bei dir und Nathalie ausgeheult. Ihr wart immer da für mich!«

»Ich erinnere mich dunkel an ein paar.«

Friedrich drehte sich um, goss mir einen Kaffee ein und reichte ihn mir.

»So viele waren es ja auch nicht«, schniefte ich.

Friedrich begann aufzuzählen: »Mir fallen da spontan ein: ein Bruno, ein Papagallo-Fahrradfahrer, ein Holländer, ein windiger Franzose …«

»Jean Pascal, den hatte ich schon verdrängt.«

»Ist wohl besser so.«

Ich schmiss das Tuch in den Mülleimer hinter mir. »Vielleicht ist dir die Richtige einfach noch nicht begegnet.«

»Ja, vielleicht, vielleicht …«, sagte Friedrich.

Er drehte sich um, stellte seine Tasse in den Geschirrspüler und sah dann auf die Uhr. »In fünf Minuten muss ich los. Wenn du gehst, zieh die Tür einfach hinter dir zu.« Er schaute mich durchdringend an.

»Hast du Kopfschmerztabletten?«

»Klar, aber eigentlich sollte ich dich leiden lassen.« Er kramte in einer Schublade und reichte mir zwei Tabletten. »Eine jetzt, die andere heute Mittag. Willst du was frühstücken?«

»Nicht dran zu denken!«

Ich steckte mir die Tablette in den Mund und spülte sie mit einem Schwall Kaffee hinunter.

»Ich muss jetzt!«

»Ich ruf dich an«, sagte ich, als wir zu Tür gingen, und gab ihm einen Wangenkuss. »Danke, mein Held!«

Friedrich murmelte im Hausflur noch so etwas wie »Auf Wiedersehen, meine Fee!« Aber vermutlich hatte ich mich verhört.

Sonntag, mein Geburtstag und der vermutlich traurigste Tag, den es im Sänger'schen Universum je gegeben hatte. Ich war allein. An meinem Prinzessinnen-Tag! Das erste Mal. Es war furchtbar.

Nicht, dass ich keine Geschenke bekam. Die Parfümerie Douglas hatte mir gestern einen Fünf-Euro-Gutschein geschickt, von meinem Metzger hatte ich das schriftliches Versprechen bekommen, beim Kauf eines Spanferkels würde er mir ein Messer dazuschenken, und ein Online-Wäschegeschäft winkte mit einer Überraschung bei der nächsten Bestellung.

Ich ging wieder ins Bett und zog mir das Kissen über den Kopf.

Das Telefon klingelte ein paar Mal. Ich ignorierte es.

Dann klingelte es an der Tür. In der leisen Hoffnung, Martin käme vielleicht zurück und ich könnte ihm jetzt meinen ganzen Frust um die Ohren hauen, schlich ich zur Tür.

Ein Blumenbote. Ich öffnete. Ein riesiger Strauß roséfarbener Rosen. Von Friedrich.

Ach, Lumbri, du Lieber!

Das hob meine Laune schon ein ganz, ganz kleines Stück. Ich suchte eine Vase.

Wieder klingelte es. Ein anderer Blumenbote. Ein Blumenstrauß von Hilde, Ramon und der gesamten Seniorenresidenz. Ich würde gleich morgen anrufen und mich bedanken. Heute ging es noch nicht. Oma würde den Braten sofort riechen.

Nein ich konnte noch nicht darüber reden. Auch über Nathalie nicht. Und *mit* ihr schon gar nicht!

Auf meinem Handy waren vier Textnachrichten und diverse Anrufe von ihr. Sie mache sich Sorgen! Von wegen! Wer hatte Bullen-Bille denn eingeschleppt? Quasi in Martins Bett gelegt?

Ja, ich war ungerecht. Na und? Ich war verlassen worden! Trotz schöner Knie! Wenn das nicht ein Grund war, sich schlecht zu fühlen und die Schuld auf andere zu schieben!

Okay, eigentlich konnte sie ja nicht wirklich etwas dafür … Ja, ja! Aber ich war noch nicht bereit für Selbstvorwürfe! Ich wollte mich noch ein wenig in meinem Elend suhlen, um es besser verdauen zu können.

In zehn Jahren war ich vielleicht dazu bereit.

Wieder klingelte es. Stürmisch. Ich schlich zum Guckloch. Nathalie und Chris! Schnell federte ich zu Boden. Das Geburtstagsfrühstück!

Wieder Sturmklingeln. Atem anhalten. Es schrillte wieder. Lange.

Leises Murmeln vor der Tür.

Langsam schob ich mich wieder zum Spion hoch. Mein kleiner Chris stand da. Er hielt einen Blumenstrauß in beiden Händen. Meine Hand zuckte zur Klinke. Nein! Ich musste mit Nathalie erst allein sprechen. Das war eine Sache zwischen mir und ihr. Dem Jungen würde ich das später erklären.

Zögernde Schritte schlurften die Treppe hinunter.

Ich war ein Schwein! Ein trauriges Schwein! Mann, Mann, Mann! Wie tief konnte man sinken? Mit hängendem Kopf schlich ich unter die Dusche.

Mehrere Male klingelte noch das Telefon. Okay, hier konnte ich nicht bleiben. Auf in die Redaktion, dort wartete genug Arbeit, auch sonntags. Ich brauchte Ablenkung.

Kapitel 9 | *Nathalie*

Ich wollte ihm so gern über seine Haare streichen, noch lieber mit beiden Händen darin rumwuscheln. So ein hübscher Kerl, so charmant und gescheit, und wie witzig und schlagfertig er war!

Ich beherrschte mich. Erstens saßen wir am Esstisch und zweitens ging mein Sohn auf die Zwanzig zu. Ich konnte ihn also nur durch meine rosarote Mutterbrille beobachten.

»Mama, echt jetzt, Buchstabensuppe?« Alex sah mich leicht entnervt an und schob sich dann den Suppenlöffel in den Mund.

Buchstabensuppe, seine Lieblingssuppe als Kind!

»Entschuldigung«, sagte ich und zwinkerte ihm zu.

Ich hatte ihn gar nicht gefragt ob es ihm noch Spaß machte, Worte aus der Suppe zu klauben, ob er immer noch gerne Rouladen mit Kartoffelbrei aß oder ob er bei sich zuhause dazu ebenfalls gerne eine Gabel mit extra langen, spitzen Zinken benutzte. Bei sich zuhause … Das war schon lange nicht mehr Ulm. Alex studierte im dritten Semester Elektrotechnik in Stuttgart und wohnte dort mit einem Kumpel und dessen Freundin zusammen.

Was er früher gerne mochte, freute ihn doch sicherlich heute noch, deshalb kochte ich bei jedem seiner Besuche immer das Gleiche. Auch andere Gewohnheiten behielt ich hartnäckig bei, wie zum Beispiel den Schokokalender zum Advent und das jährliche Foto vor dem Weihnachtsbaum. Seinen Widerwillen dagegen konnte man an seinem von Jahr zu Jahr missmutigeren Gesichtsausdruck erkennen. Wer eine eigene Familie hat, darf raus aus der Nummer, versicherte ich ihm vor jedem dieser Fototermine. Einer Forderung musste ich allerdings nachgeben: Die Weihnachtsgeschenke wurden nicht mehr auf dem Foto festgehalten. Wie damals der erste Teddy, den der neue Besitzer fest an sich gedrückt hatte, die Bauklötze, die zu einem Turm aufgestapelt vor dem stolzen Baumeister standen, der Chemiekasten, das Snowboard. In der Hinsicht ließ ich mit mir reden, ein Kuvert in der Hand sah ja eh nach nichts aus. Auf einem Foto, es war Alex' fünftes Weihnachtsfest, kniete er vor dem geschmückten Christbaum, inmitten einer Acht aus Holzschienen, und legte dem zwei Jahre jüngeren Benni seinen Arm um die Schultern. Und noch ein paar Jahre später grinste auch Chris mit seinem beinahe noch zahnlosen Mund drollig in die Kamera. Aus seinem Oberkiefer spitzten lediglich zwei Schneidezähne hervor, während bei unserem Mittleren an dieser Stelle ein große Lücke klaffte. Der Baum wirkte von Jahr zu Jahr kleiner, bis er beinahe ganz von den dreien verdeckt wurde. Auch der Hintergrund der Fotos veränderte sich. Gemusterte Tapeten, schwere Vorhänge und ein rustikaler Eichenschrank wichen hellen Wänden, leichten Gardinen und modernen Möbeln. Ich war gespannt, wie viele Fotos noch zusammenkamen, inzwischen gespeichert auf meinem PC unter »Unser ABC«.

Alex war am Abend vorher auf der Hochzeit eines Freundes gewesen und hatte uns Harrys Wagen zurückgebracht, mit dem er zu dieser Feier gefahren war.

Es freute mich sehr, dass wir an diesem Sonntag gemeinsam zu Mittag essen konnten. Ich hatte am Vortag schon die Rouladen gefüllt, ein Dessert gemacht und einen Apfelkuchen gebacken. Für meinen Sohn brachte ich jedes Opfer – ich hasste die Kocherei. Den Tisch schön zu decken machte mir dagegen Spaß. Ich legte meine schöne champagnerfarbene Satindecke auf, nahm das Sonntagsgeschirr aus dem Schrank, faltete – nach Anleitung auf der Serviettenpackung – einen Schwan und platzierte zwei Kerzen in die Mitte. Erwartungsvoll bat ich zum Essen, aber keines meiner Familienmitglieder würdigte meine Bemühungen – im Gegenteil.

»Könnt ihr mal die Kerzen wegstellen«, bat Harry. »Ich hätte mir beinahe den Ärmel verbrannt beim Schöpfen, und, Nathalie, brauchen wir wirklich eine Tischdecke, ich bin dann immer so angespannt, dass ich kleckere beim Essen.«

»Ja, Papa hat recht, und mir wären die Messer aus der Küche lieber, die schneiden besser, als dieses komische Besteck«, setzte Alex noch eins drauf.

»Aber es soll doch ganz bsonders schee ausseha, wenn dr Alex kommt, hot d' Mama gsagt, drom hat se dia Servietta so schee gfaltet wia Heuschrecka!«, sprang mir Chris bei. »Der hot doch bloß alts Zeig en seiner WG … vom Flohmarkt.«

»Was redest du denn für einen Quatsch!«, unterbrach ihn Alex.

»Hot d' Mama gsagt!«

»Es bleibt alles so, wie es ist«, sagte ich beleidigt, zupfte meinen Schwan nochmal zurecht und wünschte mir zum hundertsten Mal eine Tochter.

Harry und Chris schlürften geräuschvoll ihre Suppe.

»Sagt mal, könnt ihr nicht anständig essen?«, entfuhr es mir vielleicht etwas zu heftig.

»Tschuldigung«, murmelte Harry und aß lautlos weiter.

Nur Chris saugte wie ein Staubsauger weiterhin die Buchstaben vom Löffel.

»Wenn das Benni hören würde, dann wäre aber Schluss mit lustig«, lachte Alex.

Benni, der seine Ausbildung in einem Hotel in Hamm machte, übertrieb es etwas mit den Tischmanieren, und wenn er uns besuchte, saß die ganze Familie leicht verkrampft um den eigenen Esstisch.

»Der kommt so schnell nemme, der hot do a Freindin«, entgegnete Chris gelassen.

»Woher weißt denn *du* das?« Harry war höchst erstaunt und warf mir einen fragenden Blick zu.

»I hab euch zuaghört. Du hosch doch mit dr Mama drüber gschwätzd.«

»*Was* hab ich mit Mama gesprochen?«, bohrte Harry nach.

Mir wurde etwas mulmig zumute, denn wir hatten uns bezüglich Bennis Beziehung mit der uns unbekannten Theresa ziemlich kontrovers ausgetauscht. Harry hätte am liebsten das ganze Umfeld des sechzehnjährigen Mädchens durchleuchtet. Für seine Söhne nur das Beste. Ich sah es realistischer und meine Ansprüche an eine Schwiegerfreundin waren maßvoller.

»Wie müsste sie denn sein, um vor dir zu bestehen?«, hatte ich ihn gefragt.

»Na, so in deine Richtung etwa wäre schon nicht ganz daneben«, hatte er geantwortet.

Für unsere Söhne nur das Beste.

»Die ist doch viel zu jung, also wenn da was schiefgehen sollte …«, hatte Harry zu bedenken gegeben.

»Harry, wie alt waren wir denn damals?«, hatte ich ihn zu beschwichtigen versucht.

»Das war doch ganz was anderes … Ich war doch ganz anders als Benni, viel … na ja, … viel …«

»Jetzt sag nicht erfahrener oder gar vernünftiger! Du musst ihm schon vertrauen, er ist doch dein Sohn!«

»Das ist ja das Problem«, hatte Harry gesagt und gelacht.

All seine Vorbehalte waren eigentlich nicht für Chris' Ohren bestimmt gewesen.

»Nun sag schon, was haben Papa und Mama über Bennis Freundin gesagt?« Alex war jetzt neugierig geworden.

»I woiß nemme, was se gsagt hend.« Chris runzelte die Stirn und schaute an die Decke.

Alle sahen ihn ungläubig an.

»Wirklich net, bloß no des mit dem Baurahof.« Jetzt hellte sich seine Miene auf.

»Wie, was für ein Bauernhof denn?«, wunderte sich Harry.

»Ja, der mit de Ställ halt.« Chris wurde ungeduldig. »Dass ihr net wisset, aus welchem Stall Bennis Freindin kommt!«

Als ich die Rouladen und den Kartoffelbrei auftrug, waren die Jungs beim Thema Fußball angekommen. Alex war Fan vom VfB Stuttgart und Harry langjähriger Anhänger der Borussia aus Dortmund, genug Stoff für eine Diskussion. Alle schöpften nun aus den Schalen und Schüsseln und aßen mit großem Appetit und ohne zu reden. Ich beobachtete aus dem Augenwinkel, wie Alex mit seinem Löffel eine Vertiefung in sein Püree machte und vorsichtig die Soße hineingoss. Manches hatte sich eben bewährt und verlor sich nicht.

»Jetzt erzähl du doch mal, wie war die Hochzeit, wie sah die Braut aus, was gab es zu essen und wie viele Gäste waren da?«, plapperte ich in die Stille hinein.

»Jetzt lass den Bub doch essen«, bremste Harry. »Ihr Frauen müsst immer alles bis ins Detail wissen, da achten wir Männer doch gar nicht drauf! Wie wird die Hochzeit schon gewesen sein? Kennst du eine, kennst du alle.«

»Ja, von wegen, Papa, diese Hochzeit war schon was ganz Besonderes. Besonders ausgefallenes Essen, besonders viele Leute in einem besonders schönen Hotel.«

»Das klingt nach besonders teuer.«

»Das glaube ich auch. Stellt euch vor, den Gästen, die nicht mehr nach Hause fahren wollten oder in ihrem Suff nicht mehr konnten, hat man ein Hotelzimmer angeboten – auf Kosten des Hochzeitspaares oder deren Eltern. Ich hab keine Ahnung.«

»Und zu welcher Gruppe hast du gehört?«, frotzelte ich.

»Du musst deiner Mutter nicht jede Frage beantworten«, schmunzelte Harry.

Alex überhörte unsere Einwürfe, fuhr in seiner Erzählung fort und wurde immer enthusiastischer.

»Stellt euch vor, unsere Suite hatte über 50 Quadratmeter und eine …«

»Unsere?«, unterbrach ich ihn streng.

»Äh … hab ich unsere gesagt?« Alex verzog leicht gequält den Mund.

»Ja, hast du«, beharrte ich.

»Jedenfalls war alles vom Feinsten«, schloss er abrupt und steckte sich ein Stück Roulade in den Mund.

»Ach, ist doch jemand mitgekommen? Hast du nicht gesagt, du hättest keine Begleiterin gehabt?«

Der arme Alex, der Stachel war gesetzt und nun gab ich keine Ruhe mehr. Und das wusste er.

»Mama, ich bin allein hingefahren, aber …« Er ließ den Satz so stehen und stocherte in seinem Teller rum.

Jetzt wurde auch Harry hellhörig. »Also, Alex, wenn deine Mutter dir eine einfache Frage stellt, kannst du ihr doch eine einfache Antwort geben.«

»Ich bin alleine hingefahren und hab dann dort jemanden kennengelernt.«

Nun meldete sich Chris zu Wort, der während des Gesprächs verständnislos von einem zum anderen geschaut hatte, in der Hand seine Gabel mit einem Stück Fleisch.

»Des soll a tolls Hotel sei, wo mr mit jemand, den mr gar net kennt, in oi Zemmer muss? Vielleicht sogar in oi Bett?« Er schüttelte sich angeekelt und seine blonden Locken flogen hin und her. Besorgt setzte er nach: »Hot der di dann sogar im Schlofazug gseh?«

Alex trat die Flucht nach vorne an: »*Die,* also *sie* hätte mich im Schlafanzug gesehen, wenn ich einen dabeigehabt hätte.«

»Wie heißt sie denn?«, fragte ich ganz vorsichtig. »Nur den Vornamen, das wird ja kein Geheimnis sein.«

»Mama, soll ich dir jetzt etwa alles von ihr erzählen?«, fragte Axel entnervt.

»Nein, brauchst du nicht, ich will ja nicht neugierig sein.«

»Nein, gar nicht, aber wissen willst du alles«, ärgerte Harry mich.

»Sie heißt Veronique …leimer.«

Der erste Teil des Nachnamens fiel dem Blubbern des Mineralwassers zum Opfer, mit dem Chris schwungvoll sein Glas füllte.

»Und sie ist ebenfalls aus Ulm. So, jetzt weißt du genauso viel wie ich.«

»Leimer? Die Semmelbröseldynastie?«, fragte ich belustigt.

»Sandleimer, Mama, und nein, ich weiß nicht, aus welchem Stall sie kommt.«

Lachend wandte ich mich Harry zu, der bis eben noch aufmerksam zugehört hatte und jetzt wie vom Donner gerührt auf seinem Stuhl saß und in seinen Teller starrte.

»Ist dir nicht gut, du siehst so blass aus?«, fragte ich ihn besorgt.

Harry richtete sich auf und winkte ab. Aber irgendetwas beschäftigte ihn.

»Nein, alles in Ordnung, ich glaube, ich hab mich nur überfressen.«

»Wie emmer am Sonndag«, sagte Chris lachend, »und glei erzählt er au, dass die Roulada auf seine Augadeckel druckat und er verziaht sich uffs Sofa!«

»Richtig, mein Sohn, und weil das in deinem Alter noch nicht so ist, wirst du, wie immer am Sonntag, den Tisch- und Küchendienst übernehmen«, antwortete ihm sein Vater.

»Und was isch mit am Alex, der kennt mir doch helfa!«, schmollte unser Jüngster.

»Der ist hier zu Besuch, der macht bei sich täglich den Tisch- und Küchendienst, der hat heute frei.«

Ich betrachtete meinen Sohn als Gast, der nicht zu arbeiten brauchte, seit er ausgezogen war.

»Kleiner, ich muss eh telefonieren, ich geh in mein Zimmer.« Alex tätschelte seinem Bruder die Wange.

»Du hosch hier koi Zimmer meh. Du bisch hier bloß no uff Bsuach. Des Zimmer ghört jetzt dr Mama. Sie molt do, des isch jetz ihr Atelier«, verkündete Chris seinem großen Bruder triumphierend.

»Mama, ich darf doch in deinem Atelier telefonieren?«, fragte Alex mich mit ernster Miene und verschwand auch schon.

Ich legte mich zu Harry auf unser Wohnzimmersofa und nach fünf Minuten Teller- und Besteckgeklapper verzog sich auch Chris. Aus seinem Zimmer hörte ich noch ein »Hex, Hex« und »Törööö«, Überbleibsel seiner älteren Brüder, dann schlief ich ein.

Eine Stunde später hatten sich wieder alle im Wohnzimmer eingefunden. Chris mit einem Spielekarton unter dem Arm, Alex mit roten Wangen und Harry mit Vorfreude auf einen Kuchen im Gesicht.

»Und wie wäre es jetzt mit einem kleinen Sonntagsspaziergang?«, fragte ich ausgeruht und voller Tatendrang.

Drei Köpfe drehten sich mir ruckartig zu und drei Augenpaare starrten mich ungläubig an.

»Eigentlich gerne, aber statt zu telefonieren hätte ich wohl besser ebenfalls ein wenig geschlafen. Mir steckt die Hochzeit noch gewaltig in den Knochen«, entschuldigte sich Alex.

Die Hochzeit, dass ich nicht lache!

»Und i tät am liebschta spiela, do han i 's letschte Mol gwonna!« Chris streckte uns »Das verrückte Labyrinth« entgegen.

Ein kurzer Blick auf Harry genügte, um zu erkennen, dass von dieser Seite die gleiche Ablehnung meines Vorschlags kam.

Seufzend gab ich klein bei und sagte: »Ich weiß, es fängt gleich an zu regnen«, und sah zum wolkenlosen, blauen Himmel hinauf.

Harrys Lieblingsargument, wenn er zuhause bleiben wollte.

»Also, mein Kreislauf ist so was von runtergefahren, wenn ich geschlafen habe, dass ich erst mal nicht in Gang komme«, seufzte Harry und schnaufte geräuschvoll zur Bekräftigung.

Und ich wünschte mir – auch zum hundertsten Mal – einen Hund.

Abends verabschiedeten wir uns von unserem Sohn und großen Bruder nicht ohne den allseits beliebten, doch im Grunde genommen überflüssigen Hinweis: »Pass auf dich auf.«

Und Alex antwortete wie immer: »Ja, mach ich.«

Als Harry und ich gegen elf in unsere Betten krochen, konnte ich mich nicht mehr zurückhalten.

»So, mein Lieber, raus mit der Sprache.«

Ich drehte mich auf den Bauch, stützte mich auf meine Ellbogen und sah Harry an. Er lag entspannt im Bett, hatte seine Arme hinter dem Kopf verschränkt und sah an die Decke.

»Hm, was meinst du denn?« Er rührte sich nicht.

»Ich meine deine Reaktion heute Nachmittag auf Alex' neue Bekanntschaft.«

Er schoss hoch, setzte sich hin und schlug mit den Händen die Bettdecke platt.

»Dieses flatterhafte Ding macht sich an unseren Sohn heran, was will die von einem armen Studenten? Da gibt es doch null zu holen!«

»Nun mal langsam und der Reihe nach, du kennst diese Veronique also.« Ich war ganz erstaunt darüber.

»Wer kennt die nicht. Na ja, du vielleicht nicht, doch sicherlich alle Männer über vierzehn und unter neunzig!«, fuhr Harry in der gleichen Heftigkeit fort.

»Jetzt beruhige dich doch!«

Auch ich saß mittlerweile aufrecht im Bett. Harry schüttelte immer wieder den Kopf.

Ich würde nie verstehen, warum Männer ihre Ängste und Nöte nicht aussprachen und sich hinter Sarkasmus oder Groll versteckten. Durfte denn ein Vater keine Emotionen zeigen, wenn er um seinen Sohn besorgt war?

»Dass die nichts auslässt, pfeifen die Spatzen von den Dächern. Im Golfclub war sie ständig Thema, und was ich da so gehört habe, das kannst du dir nicht vorstellen! Sie ist die Tochter vom großen Bau- und Immobilienlöwen Sandleimer und immer nur hinter reichen Männern her.«

Harrys Golfclub hatte keine hochkarätigen Mitglieder und keiner von ihnen hatte jemals einen Schläger in der Hand. Es waren allesamt langjährige Freunde, die sich regelmäßig auf ein Bierchen trafen. In ihrer Jugend hatte jeder von ihnen einen VW Golf besessen und Harry machte es einen Heidenspaß, beim Smalltalk mit Fremden so ganz nebenbei seinen Golfclub zu erwähnen.

»Wenn sie selbst stinkreich ist, braucht sie doch keinen mit Geld«, zweifelte ich.

»Doch, gerade.« Er zögerte. »Pass mal auf, Nathalie, ich nenn dir mal ein Beispiel. Nehmen wir mal an, du wärst intelligent, würdest du …?«

»Wie bitte?«

»Nein, ich meine natürlich nicht dich … also, wenn jemand intelligent ist, nimmt er deswegen einen Partner, der dumm ist? So nach dem Motto: ›Meine Intelligenz reicht für beide‹? Der möchte trotzdem jemanden auf Augenhöhe.« Harry schüttelte den Kopf. »Die und unser Alex, ich fass es nicht.«

»Hast du daran gedacht, dass sie vielleicht nur poppen wollte? Wegen des Geldes hat sie unseren Alex sicher nicht ausgesucht«, entgegnete ich.

»Hast du daran gedacht, dass er sich vielleicht in sie verlieben könnte?«, entgegnete Harry.

»Ich glaube, wir vertauschen gerade die Denke von Mann und Frau. Er wird sich ja nicht gleich so verlieben, dass er sie heiraten will.«

»Pfff, heiraten, aber stell dir vor, die wird schwanger. Dann zahlt unser armer Schlucker Alimente an das Enkelkind eines Millionärs!«

»Ich hoffe, *sie* wird so clever gewesen sein, dass das nicht passieren konnte.«

»Und wenn er sich was von ihr holt, bei ihrer großen Beanspruchung?«

»Dann hoffe ich, *er* wird so clever gewesen sein, dass das gleichfalls nicht passieren konnte.«

»Für mich steht fest, diese Frau missbraucht meinen Sohn! Spaß hin oder her«, war Harrys endgültiges Fazit. Damit legte er sich zurück auf sein Kissen. Aber kaum, dass er sich hingelegt hatte, setzte er sich erneut auf. »Ich weiß genau, wohin die Beziehung mit solch einer Frau führt!« Seine Hand mit dem ausgestreckten Zeigefinger ging im Rhythmus jedes Wortes auf und ab.

»Übertreib nicht«, beschwichtigte ich.

»Nein, ich übertreibe nicht. Das beste Beispiel ist der Gottlieb, der arme Hund hat so eine erwischt.«

Gottlieb Guter war ein Geschäftspartner von Harry und machte, wie Harry oft erwähnte, seinem Namen alle Ehre.

»Wenn ich mit dem nach einer Besprechung noch was trinken gehe, jammert der mir jedesmal die Ohren voll. Beim ersten Bier erzählt er, seine Frau sei hin und wieder unzufrieden. Beim zweiten Bier beschreibt er sie als ständig kritisierend, streitsüchtig und rechthaberisch. Und wenn ich ihn richtig abgehen lassen will, spendiere ich ihm zu jedem Bier noch einen Schnaps. Nach dem dritten Gedeck beschimpft er sie dann als aufgetakelte Schrulle und Beißzange. Und stell dir vor, dieser besonnene, gutmütige und angenehme Mann ist sogar einmal deswegen aus der Kneipe geflogen!«

»Ehrlich?«

»Damals hat er sich zu lautstark Luft gemacht.«

»Ach komm, erzähl. Was hat er gesagt?«

»Das weiß ich leider nicht mehr«, sagte Harry kleinlaut und zuckte mit den Schultern. »Ich weiß nur noch, dass ich ihm in allen Punkten zugestimmt habe – obwohl ich seine Frau gar nicht kenne – und ihn angefeuert habe, sich nichts gefallen zu lassen. Ja, und dann ist er immer wieder vom Stuhl hochgesprungen, um mir zu zeigen, wie er sich beim nächsten Gespräch vor seiner Frau positionieren würde. Als er dabei versehentlich das zweite Glas vom Tisch gefegt hat, wurden wir ganz diskret zum Gehen aufgefordert. Aber er war nicht mehr zu halten. Als er dann mit der Blumenvase den anwesenden Gästen mit dem Reim ›Keine alte Sau braucht eine solche Frau‹ zugeprostet hat, hat man uns beide vor die Tür gesetzt.«

»Das ist ja interessant … wie bin ich eigentlich bei dem Gespräch weggekommen?«

»Ich wollte bei Gottlieb nicht den Eindruck erwecken, dass er allein bei seiner Frau in solch einer misslichen Lage ist.« Harry lachte. »Nein, Spaß beiseite. Du warst bis jetzt noch kein Thema.«

»Danke, vielen Dank. Du, sag mal was macht denn seine Frau sonst so? Beruflich, meine ich? Und haben sie Kinder?«

»Kinder haben sie keine und beruflich macht sie jedes Jahr etwas anderes. Seinen Erzählungen nach bewegt sie sich gerne in den sogenannten besseren Kreisen und versucht mit diesen Leuten ins Geschäft zu kommen.«

»Welche Geschäfte muss ich mir da vorstellen?«

»Zum Beispiel ein Kosmetikstudio. Das hat sie sich, nein, er hat es ihr eingerichtet. Für ihre gutsituierten Freundinnen. Allerdings hat sie schnell gemerkt, dass es nichts für sie ist, fremden Menschen die Pickel auszudrücken. Dann hat er ihr einen Laden gemietet, in dem sie Antiquitäten verkaufen wollte. Sie wurde natürlich gleich richtig über den Tisch gezogen und das im wahrsten Sinne des Wortes, über einen Chippendale-Sekretär. Er hatte ihn besorgt und sie hat ihn dann um die Hälfte weiterverkauft. Das sind vielleicht Geschäfte!«, sagte Harry und lachte wie bei einem gelungenen Witz.

»Und was macht sie dann im Moment?«

»Keine Ahnung, mit welcher Schnapsidee sie ihrem Mann jetzt wieder das Geld aus der Tasche zieht. Aber mittlerweile scheint er die Nase voll zu haben von den Eskapaden seiner Frau, denn er fährt mit einer« – Harry zeichnete Gänsefüßchen in die Luft – »Bekannten nach Venedig. Und zwar an dem Wochenende, an dem seine Frau Geburtstag hat. Die weiß freilich noch nichts von der Überraschung, dass sie allein zuhause feiern darf. Er ist geradezu erleichtert, dass er diesen Schritt gemacht hat, und hat mir das mit großem Vergnügen erzählt, nüchtern wohlgemerkt.«

»Venedig war doch wunderbar damals, weißt du noch?«, schwärmte ich.

Harry nickte immerhin zustimmend, wollte dennoch nicht vom Thema ablassen.

»Siehst du, Nathalie. Und ich bin sicher, diese Veronique ist eine wie Guters Frau. Du willst doch nicht, dass es unserem Alex ebenso geht!«

»Wie? Dass Alex mit einer Geliebten nach Venedig fahren muss?«

»Richtig.«

Jedesmal wenn eine von Harry für gut befundene Liaison unserer Söhne zu Ende ging, musste ich mir wochenlang das große Heulen anhören: »Ich weiß gar nicht, was da schiefgelaufen ist, es hat doch so gut gepasst, ich dachte, das wäre die große Liebe!« Und so weiter und so weiter. Die Jungs amüsierten sich über ihren mitfühlenden Vater. Aber ich war längst hinter den wahren Grund für Harrys Lamentieren gekommen. Es war ihm ein Greuel, tags und mittlerweile auch nachts fremde Menschen im Haus zu haben, auf die er sich einstellen musste.

»Nun gibt es endlich wieder ein Mädchen für Alex, und nun soll das ein Griff ins Klo gewesen sein?«

Eine Weile lagen wir schweigend nebeneinander.

»Wenn du recht hast, Harry, und die nur hinter Geld her ist, dann vermutet sie welches hinter unserem Alex. Und ich weiß genau, warum.«

»Da bin ich gespannt.«

»Denk doch mal nach. Wie hat Alex ausgesehen? Was hatte er an? Welchen Wagen hat er gefahren und in welch einem Hotelzimmer hat er übernachtet?«

»Aha. Weiter!«

»Ja klar«, fuhr ich eifrig fort. »Punkt eins: In seinem schicken Anzug hat er doch wirklich toll ausgesehen. Es war eine gute Lösung, dass wir damals Sakko und Hose in getrennten Größen kaufen konnten, bei seinen langen Beinen. Gut, mir hätte der anthrazitfarbene besser gefallen, aber *er* muss ihn ja tragen.«

»Nathalie, komm bitte zu Punkt zwei«, unterbrach mich Harry ungeduldig.

»Weißt du noch, dieser Verkäufer, das war so ein windiges Bürschle, der ausgesehen hat, als hätte er gerade seine Konfirmation hinter sich. Aber Ahnung hatte der und Anzüge hat der aufgefahren, stapelweise! Gut, beim Hemd hatte er meiner Meinung nach erst kein so glückliches Händchen. Das komisch rosa-karierte, das er angeschleppt hat, war ja zum Schreien, und die Krawatte dazu ... unmöglich. Und unser Alex hat dazu nur ›genial‹ gesagt! Na ja, einerseits mussten wir froh sein, stell dir vor, er hätte das unifarbene Hemd genommen, von wem war das doch gleich noch ... ach ja, von Dolce & Gabbana.«

»Na-tha-lie, zweitens!«

»Zuerst dachte ich noch, mit der Farbe kann man nichts falsch machen, nur, als ich den Preis dann gesehen habe, puh! Aber ich muss sagen, so im Nachhinein ... also angezogen sieht das rosa-karierte mit der Krawatte gar nicht schlecht aus.«

»Nathalie!«

Ich riss mich zusammen. »Ja, und dann Punkt zwei: Das Auto, mit dem Alex gekommen ist, hat sicher großen Eindruck auf sie gemacht.«

»Und drittens?«

»Drittens, die Suite! Dass die nicht auf seine Kosten gegangen ist, hat sie wahrscheinlich gar nicht gewusst. So muss es gewesen sein, ja, so muss es gewesen sein … Was meinst du, Harry?«

Harrys Zustimmung klang wie ein Grunzen. Als ich zu ihm hinsah, hatte er die Augen geschlossen und den Mund geöffnet, er schnaubte nochmals kräftig aus, wobei seine Oberlippe heftig flatterte, dann drehte er sich mit einem gewaltigen Schnarcher zur Seite.

Sein alter Trick: vorgetäuschtes Schlafen, um meinem Redeschwall zu entkommen.

Es waren jetzt genau fünfzig Tage, dass ich in der Galerie arbeitete, und ich fühlte mich wie eine Jubilarin. Eigentlich war ich mir sicher, dass auch Frau Folldow diesen Tag irgendwie würdigte, vor allem nachdem Billa wohl nicht auf ihr weiteres Studium verzichten wollte.

Tatsächlich, als ich heute Morgen auf den Eingang der Galerie zuging, konnte ich durch die Milchglastür erkennen, dass sie mit ausgebreiteten Armen dastand. Sie hielt einen Blumenstrauß in der Hand und wedelte mir damit freundlich entgegen. Vielleicht steckte doch ein weicher Kern in der rauen Schale, dachte ich und öffnete langsam die Tür, in mir ein Gefühl der Milde und Vergebung. Wie rührend, dass sie ihren Biorhythmus für mich ruinierte!

Ich hatte mich nicht geirrt, die Folldow kam freudestrahlend auf mich zu. »Endlich, Frau Hering! Gut, dass Sie kommen!«, sagte sie erleichtert und winkte mit dem kleinen Besen und der Kehrschaufel, die sie beide in der rechten Hand hielt.

Mein Blumenstrauß aus Blech und Rosshaar.

»Stellen Sie sich vor, heute Nacht so gegen sieben, ein Geräusch … wie eine Detonation«, stammelte sie und ging in Richtung Büro. »Das Hängeregal!«

Dann verstand ich noch »Befestigung« und »Dübel«, und als ich ihr folgte, sah ich in der Wand, an der das kleine Regal befestigt war, zwei ausgefranste Löcher, aus denen jeweils eine rote Spur aus Ziegelstaub bis zum Boden führte. Dort lag der ausgebrochene Putz in verschieden großen Bröseln auf dem Fußboden.

»An Schlafen war nicht mehr zu denken, nach solch einem Schreck. Den größten Teil habe ich bereits erledigt«, sagte sie ganz geschafft und zeigte auf ein Paar Ordner, die sie beiseitegelegt hatte.

Die beiden Regalböden lagen allerdings noch da, wie sie abgestürzt waren.

»Könnten Sie den Rest hier noch in Ordnung bringen?«, sagte sie und drehte ab.

Wie man nur so außer sich sein konnte wegen einer solchen Lappalie! Ich machte mir ganz andere Sorgen, Sorgen um Sina. Es war mir unerklärlich, warum ich sie nirgends erreichen konnte. Telefonisch nicht, weder über das Festnetz noch auf ihrem Handy. Ich schickte ihr eine SMS, ich mailte … nichts. Als ich ihre Büronummer anrief, landete ich – nach zwei Minuten in der Warteschleife – in der Zentrale.

»Tut mir leid, Frau Sänger ist wohl nicht an ihrem Platz, deshalb werden Sie nach einer gewissen Zeit zu mir durchgestellt«, erklärte die Dame freundlich.

»War sie denn überhaupt in der Redaktion, in den letzten Tagen, meine ich?«

»Das weiß ich leider nicht, aber ich könnte Sie mit Frau Sängers Chef verbinden«, bot sie mir an.

»Nein danke, ich melde mich eventuell noch mal. Auf Wiederhören.«

Vielleicht sollte ich es einmal bei Martin versuchen. Ich rief ihn an, doch auch er war nicht erreichbar. Bei ihm zuhause wurde ich auf den Anrufbeantworter geleitet und in der Klinik landete ich natürlich bei der Dame in der Anmeldung. Beim ersten Anruf war Herr Doktor Winter im OP und beim zweiten Versuch in der ambulanten Sprechstunde. Ich war ratlos, alle möglichen Kommunikationsmittel waren ausgeschöpft.

Nicht einmal ihre versprochene Geburtstagseinladung zum Frühstück hielt sie ein. An ihrem Geburtstag stand ich mit Chris, der ein Blumensträußchen in der Hand hielt, pünktlich vor ihrer Tür. Aber vergeblich. Chris hatte die Blumen andächtig vor sich gehalten und mit jedem vergeblichen Klingelton waren seine Arme tiefer und tiefer gesunken, bis die Köpfe der Rosen nach unten gezeigt hatten.

»Do stimmt doch ebbes net«, hatte er enttäuscht gesagt.

Am nächsten Tag fuhr ich zu Martin in die Tierklinik.

Dort stand ich dann seiner Sekretärin, Fräulein Kuhauge, wie Sina sie wegen ihrer Wimpern nannte, gegenüber. Fast hörte ich schon den Standardsatz der Graute: »Das tut mir aber leid, es ist gerade sehr ungünstig, kann ich ihm etwas ausrichten?« Doch bevor ich noch etwas sagen konnte, sah ich Martin in einem grünen OP-Anzug den Flur entlangkommen. Er wirkte zufrieden und entspannt. Ich blieb in der Mitte des Ganges stehen und wartete, bis er herankam. Als er mich erkannte, erschrak er und zögerte einen Moment. Sein Mund öffnete sich leicht, sein Brustkorb hob sich und ich konnte hören, wie er tief durchatmete.

»Hallo Nathalie«, flüsterte er beinahe und blieb vor mir stehen.

Seine Hände hatte er tief in den Taschen seines OP-Kittels vergraben. Er war anders als sonst, das merkte ich sofort. Vielleicht ein Tier? Exitus?

»Hallo Martin«, entgegnete ich ebenso leise.

»Du kommst wegen Sina?«

»Ja. Ist ihr was passiert?«

Sein Kopf bewegte sich. War das ein Schütteln, ein Nicken, ein Zucken?«

»Was ist los mit ihr und wo ist sie? Ist sie im Krankenhaus?«

»Im Krankenhaus, sie ist im Krankenhaus?«, fragte er erschrocken.

»Martin, das frage ich *dich*! Sie ist seit Tagen nirgends zu erreichen und wenn einer weiß, wo sie ist, dann bist das ja wohl du!« Meine Stimme gewann wieder an Kraft.

»Äh, ja, ich weiß nicht genau ... vielleicht zuhause ...«, stammelte er unbeholfen.

»Also wirklich, Martin, jetzt werde ich langsam sauer. Raus mit der Sprache! Was ist los?«

»Hat sie dir nichts erzählt?«, fragte er erstaunt. »Du bist doch ihre beste Freundin und bestimmt gekommen, um mir den Kopf zu waschen?«

Ich wurde laut. »Nein, sie hat mir nichts erzählt, was sollte sie mir denn erzählt haben?«

Hinter der Empfangstheke tauchte nun ein Kopf mit riesigen Augen und meterlangen Wimpern auf. »Alles in Ordnung, Dr. Winter?«

»Ja, alles in Ordnung, kümmern sie sich um Ihre Angelegenheiten«, fauchte ich in ihre Richtung, worauf sie schmollend ihren Kopf zurückzog.

Ich war nun richtig wütend, wusste nur noch nicht genau, auf wen. Auf Martin, weil er sich alles aus der Nase ziehen ließ? Oder auf Sina, weil sie mir anscheinend irgendetwas verschwiegen hatte?

»Also, ich mache es kurz«, setzte Martin an und wurde nun ebenfalls laut. »Ich hab mich in Billa verknallt. Punkt. Und Sina hat uns erwischt, bevor ich es ihr sagen konnte.«

Vom Empfangstresen kam ein spitzes »Uiii« und danach ein langgezogenes »Boahhh«.

Ich hab dich nicht verstanden, Martin, kein Wort verstanden. Ich glaube, ein Meerschweinchen hat gepfiffen.

»Verknallt? Bist du fünfzehn? Für die gibst du Sina auf? Hoffentlich kommt nach dem Verknallen nicht das Verpuffen.«

»Hiiihiii«, kam es aus dem Hintergrund.

Martin sah verlegen an mir vorbei in Richtung Empfangstresen.

»Tut mir leid, Nathalie.« Er legte mir eine Hand auf die Schulter und wiederholte: »Tut mir leid.«

Was tat ihm denn leid, oder wer tat ihm leid? Bemitleiden musste er sich nur selbst, dass er auf Billa, diese dumme Pute, hereingefallen war! Wie konnte er nur Sina gegen dieses Miststück austauschen?

Was hatte ich meinen Jungs mit auf den Lebensweg gegeben, wenn sie in irgendwelche Konflikte geraten sollten? »Gewaltfreie Kommunikation!« Ich war nahe dran, kommunikationsfreie Gewalt daraus zu machen und Martin mit vollem Schwung vors Schienbein zu treten. Und mit dem Schienbein wäre er noch gut bedient …

Leider waren meine Beine nur noch in der Lage, mich langsam, ganz langsam dem Ausgang entgegenzutragen.

Zuhause angekommen konnte ich nicht einmal mehr den Weg rekonstruieren, den ich von der Tierklinik genommen hatte. Die Frage, wo Sina war, und die Ungewissheit, wie es ihr ging, ließen mich mechanisch handeln. Und irgendetwas wühlte in meinem Gewissen, das ich den ganzen Tag nicht loswurde. Ich musste noch mal bei der Südwest Presse anrufen.

Ich drückte auf die eingespeicherte Kurzwahlnummer von Sinas Arbeitsplatz und es ertönte das Freizeichen. Aber niemand hob ab. Endlich knackte es in der Leitung, dann ertönte die freundliche Stimme der Dame in der Zentrale. Ich nannte meinen Namen und bat sie, mich mit Sinas Chef Kurt Wilhelm zu verbinden.

»Guten Tag … freut mich«, meldete sich Sinas Vorgesetzter.

Es war eindeutig, dass er in die Lücke nach dem Gruß gerne meinen Vornamen gesetzt hätte. Wir duzten uns eigentlich seit unserer ersten und einzigen Begegnung auf einem Betriebsfest des Verlags. Sina hatte mich damals gebeten, sie abzuholen, da sie nicht alkoholisiert fahren wollte und so spät die öffentlichen Verkehrsmittel mied. Der Teil der Belegschaft, der noch anwesend war, als ich die Kantine betrat, hatte schon auf den Stühlen gestanden und ein lautes »Hossa« ausgestoßen, allerdings nicht ganz synchron zum Original, das im Hintergrund lief. Und in dieser ausgelassenen Stimmung hatte mir Sinas Chef zehn Minuten später das Du angeboten. »Frau Sängers Freunde sind genauso meine Freunde, gell, Nathalie«, hatte er gelallt. Es hatte mich amüsiert, dass er beim Abschied das Du bekräftigt hatte, aber meinen Vornamen bereits nach einer halben Stunde wieder vergessen zu haben schien.

»Hallo …«

Scheibenkleister, mir erging es nicht viel besser. Welcher war doch gleich sein Vorname? Kurt oder Wilhelm? Was stand vorne und was hinten? Egal, das war nicht wichtig.

»Ich möchte gerne Sina sprechen«, verlangte ich ohne Umschweife.

»Frau Sänger ist nicht im Haus«, antwortete er ebenso knapp.

Wahrscheinlich war auch er froh, dass unser Gespräch kurz und unpersönlich verlief. Vielleicht hatte er nicht nur meinen Vornamen, sondern der kompletten Abend ausgeblendet.

»Ist sie den ganzen Tag weg?«

»Sie ist seit heute für ein paar Tage weg, und ehrlich gesagt, keiner weiß genau, wann sie wiederkommt.«

»Und keiner weiß, wann sie wiederkommt?«, wiederholte ich seinen Satz, um zu erfassen, was das bedeutete.

»Moment, ich muss es anders formulieren. Frau Sänger ist beruflich nach Italien geflogen, und sie möchte nach der Recherche eventuell noch ein paar Tage Urlaub dranhängen. Spätestens nächsten Montag ist sie zurück, vielleicht schon eher«, erklärte er mir.

»Aha, deshalb kann ich sie nicht erreichen. Es wäre aber dringend, dass ich persönlich mit ihr spreche. Kann ich die

Telefonnummer des Hotels haben, in dem sie wohnt? Es ist wirklich wichtig«, bekräftigte ich nochmals.

Es dauerte nicht lange, dann diktierte er mir eine ellenlange Nummer. Wir verabschiedeten uns förmlich und ich war erleichtert, dass ich weder ein Du noch ein Sie verwenden musste.

Als ich aufgelegt hatte, holte ich mir Nervennahrung in Form einer Praline. Umsonst, mich quälte etwas, das Süßes nicht ausmerzen konnte: Billa, Martin, Basketball.

Was war bloß los, warum meldete Sina sich nicht bei mir?

Ich wählte die Nummer des Hotels. Zwar hielt ich es für ziemlich unwahrscheinlich, dass sie tagsüber auf ihrem Zimmer war, aber ich musste es versuchen.

»Gute Tag, Hotel Pegasus. Sie spreche mit Stefano.«

Dass Stefano mich auf Deutsch begrüßte, lag sicherlich daran, dass er auf dem Display gesehen hatte, woher der Anruf kam. Sehr aufmerksam.

»Guten Tag, mein Name ist Hecht, und ich hätte gerne Frau Sänger gesprochen.«

»Eine Momento bitte.« Ich hörte ein Tastenklappern. »Tut mir leid, Frau Sänger iste nicht auf ihre Zimmer«, sagte er entschuldigend. »Sie iste zwar eingecheckt, habe sie dann aber keine Male mehr gesehen.«

»Ich kann sie auf ihrem Handy nicht erreichen. Es wird doch nichts passiert sein?«, fragte ich sorgenvoll.

»Rufe Sie heute Abende noch eine Male an, dann sie ist bestimmt ohne beschädigt hier«, versuchte er mich ganz charmant zu beruhigen. »Sie sprechen dann mit meine Kollega.«

»Wolle wir es hoffe!« Jetzt verfiel ich schon in seinen Sprachstil! »Ich werde heute Abend Ihren Kollegen fragen, vielen Dank.«

Aus dem Hirngespinst, dass Sina etwas passiert war, war nun fassbarer Kummer geworden. Ich konnte den ganzen

Tag nicht mehr essen, mich auf nichts und niemanden konzentrieren. Mein Kopf war eine hohle Kugel, in der nur noch Sina rumschwirrte. Martin hatte sie nun das zweite Mal verlassen. Das erste Mal hatte ihn die Forschung nach Amerika gelockt und nun Billa in ihr Bett. Ich konnte einfach nicht glauben, dass Sina sich mir nicht anvertraut hatte! Jetzt irrte sie weinend in einem fremden Land umher, einsam, gedemütigt und enttäuscht. Und sie war doch so anfällig für windige Männer, wenn es ihr schlecht ging!

Der Nachmittag zog sich unendlich lange hin.

Um acht wählte ich erneut die Nummer des Hotels.

»Buona sera«, meldete sich ein Herr, diesmal in der Landessprache.

»Hecht, auch Buona sera. Signora Sänger, per favore«, versuchte ich es auf Italienisch.

»Nu, jetzt säh ischs erscht, Sie rufen jo us meiner Heimot on.«

Hallo, seit wann liegt Ulm in Sachsen?

»Na ja, ich bin aus Baden-Württemberg«, wehrte ich mich.

»No, sähn Se, und isch bin aus Dräsdn.«

»Ach was«, tat ich ganz erstaunt, dabei konnte ich seinen Dialekt quasi schon an seinem Atem erkennen.

»Se wolln de Frao Sängor sprechen«, kam nun ganz dienstlich.

»Ja, ist sie denn inzwischen da? Ich bin nämlich sehr besorgt. Der Herr Stefano hat sie nach ihrer Ankunft nicht mehr gesehen, und ich konnte sie noch nicht erreichen!«

»Nu mochn Se sisch mo keene Sorjen, die ist juht versorscht«, beruhigte er mich.

Nachdem ich etwas gebraucht hatte, um den zweiten Teil des Satzes zu entsächseln, fragte ich: »Was heißt denn gut versorgt?«

»Na, sie ist mit einem seriösen Uniformierten unterwächs.«

»Mit einem Uniformierten, mit der Polizei, wurde sie … verhaftet?«, stammelte ich erschrocken.

»No, es soah ma nisch *nisch* freiwillisch aus. Isch würd es ehor verfliechen als verhoaften bezeischnen, wenn Se wissen, woas isch meene.« Er lachte ins Telefon.

Ich ließ mir kurz seine Beobachtungen schildern und war erleichtert. Sie lebte, was spielte es da für eine Rolle, mit wem es ihr gut ging!

Kapitel 10 | *Sina*

Vorsichtig hob ich die Bettdecke an und glitt langsam rückwärts, jede Schlange hätte sich vor Neid gehäutet. Mit angehaltenem Atem erreichte ich die Kante. Mein linker Fuß ertastete das Parkett. Mit Schwung abrollen und aufrichten! Gelernt war gelernt!

Vorsichtig blickte ich zurück. Da lag er, der italienische Capitano. Seine grauen Locken hingen über sein markantes Gesicht. Er hatte Sonnenbankstreifen am Hals. Die hatte ich abends gar nicht bemerkt!

So verwunderlich war das allerdings nicht, wenn ich an die zwei Flaschen Wein dachte, die wir in der Tapas-Bar mitten in Olbia konsumiert hatten!

Wie alt mochte er wohl sein? Wie mein Vater? Noch älter? Im Großen und Ganzen sah er nackt ganz passabel aus. Vielleicht Mitte fünfzig. Mitte fünfzig! Mann, was hatte mich da nur wieder geritten?

Mahnend tauchten Martins und Nathalies Gesichter vor meinem inneren Auge auf.

Haut ab! Ich fuchtelte mit den Händen in der Luft herum. Haut bloß ab!

Nathalie war schuld. An allem! Sollte sie doch mit Bullen-Bille … Sollten sie alle mit ihr glücklich werden! Wahrscheinlich wohnten sie schon alle zusammen. Hechts und Martin und Sybilla.

Morgennebel. Wallende Gewänder spielen Haschen auf einer Schmetterlingswiese. Grinsende Gesichter. Elfengleiche Gesänge begleiten die hopsende Gesellschaft, die sich zu einem Reigen formiert. Tiefe wissende Blicke in die Augen der anderen senkend, die Arme selig schwingend. Sybilla und jemand anderes lösen sich von den anderen, hüpfen in die Mitte und tanzen, sich an den Händen fassend, im Kreis. Martin? Ich kann es nicht genau erkennen. Nein, Nathalie ringelreiht vor Glück. *Meine Natze und die blöde Billa!*

Pah! Ihr werdet schon noch sehen, mit wem ihr euch da eingelassen habt! Ich komme ohne euch klar, ich brauche niemanden.

Ab jetzt war ich eine einsame Ulmer Wölfin. Gnadenlos würde ich allem, was sich mir in den Weg stellte, das Herz brechen.

Obwohl … Vielleicht war ich ja doch eher der Bambityp?

Genau! Nur deshalb war ich ja hier gelandet! In der Heimat verschmäht, musste ich doch auf die kleinste Zuneigung in der Fremde hereinfallen. Ein freundlicher Rentner in Uniform und schon war ich erlegt!

Voller Selbstmitleid entfleuchte mir ein leiser Schniefer. Erschrocken drehte ich mich zum Bett. Aber noch war alles ruhig.

Wie kam ich aus der Nummer bloß wieder raus? Und wie war ich eigentlich hineingekommen?

Gestern in der Redaktion rief mich mein Chef an. »Sina, kommen Sie bitte sofort in mein Büro! Klick!«

Erschrocken starrte ich das Telefon an. Was war denn nun schon wieder? Wegen meinem Urlaub vielleicht? Der war überfällig!

Das letzte Mal hatte ich nur ein verlängertes Wochenende Urlaub gehabt. Martin war mit mir an den Lago Maggiore gefahren. Martin! Ob er das nächste Mal mit *Sybulle* da hinfuhr? Ich schüttelte mich. Mir egal! Total wurscht! So was von total! Totaler ging gar nicht.

Oder war etwas mit meinem Artikel im Feuilleton über den Verein »Stille« und den Schwörmontag? Wir hatten doch Pressefreiheit! Nur weil ich mal auf den Tisch haute und mich darüber aufregte, dass eine alte Tradition, auf die sich 99 Prozent der Ulmer einmal im Jahr freuten, von einer Vereinigung von Spaßbremsen kaputt gemacht werden konnte?

Einmal im Jahr feierten wir Ulmer unser ausgelassenes Fest. Familien kamen an diesem Tag zusammen, Freunde trafen sich, alte Schulkameraden sahen sich wieder und amüsierten sich durch die Nacht. Jedes Jahr fieberten wir dieser Nacht entgegen. Nun sollte alles um 23 Uhr beendet sein, weil eine Handvoll Querulanten ab Mitternacht ihre Ruhe wollte? Da musste man doch mal was sagen dürfen! Das verstand ich unter Anregung zum kritischen Denken. Ich würde mich diesmal nicht unterbuttern lassen und den Artikel nicht wieder entschärfen. Oder war es wegen dem Artikel über Rohde & Schwarz? Der war doch wirklich gelungen. Aber man wusste ja nie!

Leicht verkrampft klopfte ich an die Tür des Chefredakteurs Kurt Wilhelm.

»Kommen Sie rein, kommen Sie rein!«, rief er jovial von drinnen.

»Sina, Sie müssen mir aus der Patsche helfen.« Er kam von hinter seinem Schreibtisch mit offenen Armen auf mich zu und packte mich an der Schulter. »Unser Reisejournal hat sich ja nun zu einem nationalen, ja internationalen Renner gemausert. Natürlich nicht zuletzt durch die Auszeichnung vom Presseverband, aber hauptsächlich durch die hervorragende Leistung unserer Reporter und Fotografen«, schnurrte er, ließ von mir ab und ging langsam rückwärts hinter seinen Schreibtisch. Mit erwartungsvollem Blick in meine Richtung und händereibend fuhr er fort: »Als Nächstes steht der Beitrag über die sardischen Weinbauern und Holzschnitzer an.«

Ich bemühte mich um einen wissenden Gesichtsausdruck.

»Nun wollte ich Sie fragen«, er hüstelte kurz und fuhr langsam und jede Silbe betonend fort, »ob Sie nicht einen entscheidenden Beitrag zu Ihrer Karriere leisten und aus der Lokalspalte ins Licht der internationalen Presse treten möchten.«

Seinen Hals hatte er inzwischen beachtlich gestreckt. Sein Gesicht war eine strahlende Sonne.

Oha! Was hatte das zu bedeuten? Langsam und tief atmete ich ein und wieder aus.

Stille.

»Was sagen Sie dazu?« Auffordernd sah er mich an.

Sein Hals hatte eine schier beängstigende Länge erreicht. Hoffentlich stammten seine Vorfahren von Schildkröten ab, die damit umgehen konnten.

Ich holte wieder tief Luft. »Tja, das hört sich doch eigentlich gar nicht so ganz doll schlecht an …« Unsicher versuchte ich noch Zeit zu schinden.

»Wusste ich doch, dass ich mich auf Sie verlassen kann.« Er drehte sich um, griff nach einem Umschlag und hielt ihn in meine Richtung. »Der Zug geht morgen um acht Uhr zehn ab Hauptbahnhof über Schaffhausen. In Zürich nehmen Sie dann den Flieger. Rudi wird Sie begleiten, alle anderen Fotografen sind unabkömmlich. Sie bleiben so lange, bis Sie das Ding im Kasten haben.« Kurze Pause. »Also, zwei Tage reichen.«

»Morgen? Aber Chef, ich habe Urlaub ab morgen! Und ausgerechnet Rudi? Das kann ich auch allein.«

»Danach können Sie Urlaub nehmen, solange Sie wollen. Der Bericht muss nächste Woche erscheinen. Den haben wir schon angekündigt. Und Rudi tut das mal ganz gut, er ist ein ausgezeichneter Fotograf.«

Geknickt griff ich nach dem Umschlag. Das Licht der internationalen Presse entpuppte sich als Kerzenschimmer in Geppettos Werkstatt. Und dann auch noch mit Rudi!

»Ach, und noch etwas …« Er räusperte sich. »Der Artikel über ›Stille‹ bleibt bis nach Ihrem Urlaub liegen, dann reden wir noch mal darüber.«

Bevor ich protestieren konnte, schob er mich durch die Tür.

Rudi war ein Kapitel für sich. Für seine ein Meter sechzig konnte er ja nichts. Seine Birnenfigur, die bei Frauen sonst auf ein gebärfreudiges Becken schließen ließ, trug zwar nicht zu seiner Attraktivität bei, aber konnte mir ja wurscht sein.

Was mir allerdings nicht wurscht war, war Rudis Arbeitsweise: Er war ein Chaot. Nichts lief mit ihm jemals so wie geplant. Er war absolut unstrukturiert. Wenn man ohne körperliche Schäden davonkam, hatte man meist noch Glück. Sämtliche Kollegen konnten schon Verluste ihrer Ausrüstung, Hausverbote, Beschimpfungen von eigentlich seriösen Interviewpartnern, Polizeigewahrsam und/oder Schlimmeres auf sein Konto buchen. Was einen aber letztendlich an den Rand eines Nervenzusammenbruches brachte, war seine kolossale Beratungsresistenz. Rudi eckte an. Immer und überall. Seine Fotos waren allerdings ausgezeichnet. Rudi hatte das richtige Gespür für Komposition und Zeitpunkt. Die enormen Unannehmlichkeiten mit ihm wog das aber nicht auf.

In der Redaktion hatte man ihn in die lokale Fußballecke gedrängt. Er durfte, neben den Fotos vom Spiel, kurze Kommentare selbst verfassen, die regelmäßig komplett vom Chef ersetzt wurden. Aber Rudi wurde für seinen Beitrag gelobt und war dann immer glücklich. Welchen Narren der Chef an ihm gefressen hatte, war uns allen in der Redaktion schleierhaft.

Nun hatte ich Rudi am Hals. Das konnte ja ein Wahnsinnstrip werden! Chaoten-Rudi und Trübsal-Sina. Sauber!

Im Licht der LED-Leuchte im Großraumbüro betrachtet, begann die Reise allerdings langsam in wunderbarem Glanz zu schimmern. Sie brachte mich morgen schon weit weg von Ulm, von Martin, von Nathalie und allem, was mich an sie erinnerte. Ein bezahlter Trip in die Sonne! Es gab wirklich schlimmere Schicksale!

Ein gutes Tröpfchen Wein, das den Wolfsbarsch in seiner Knoblauchkruste begleitete. Danach ein Mittagsschläfchen im Olivenhain. Ach nein, es ging ja um Weinbauern. Okay, dann unterm Rebstock. Eine Plauderei mit den Holzschnitzern, die nach einigen Gläschen ›Mirto‹ so richtig nett werden würde, und dann wieder ein Schläfchen.

Aber Rudi! Der Wermutstropfen. Nein, ich wollte mir jetzt gar keine Vorstellung machen, was er alles anstellen konnte. Vielleicht ging ja alles gut, er wurde ja auch älter und wahrscheinlich gescheiter? Ich beschloss, mich auf die Reise zu freuen.

8.05 Uhr, Hauptbahnhof Ulm. Der Zug stand da. Rudi nicht.

Es wäre ja auch zu einfach gewesen. Ich hatte keine Angst, allein zu fahren, aber leider hatte Rudi die Kamera. Einen Reisebericht ohne Fotos konnte ich dem Chef sicher nur schwer unterjubeln. Und ob meine Handykamera ausreichen würde, wagte ich zu bezweifeln.

»Sina, huhu!« Seinen Unterleib kreisförmig schwingend, eierte Rudi auf mich zu.

Mit der einen Hand schob er eine Sackkarre mit kompletter Fotoausrüstung, mit der anderen zog er einen riesigen Koffer.

»Morgen, Rudi«, sagte ich. »Wie lange willst du denn auf Sardinien bleiben?«

Er kicherte keuchend. »Hab an alles gedacht. Alle Eventualitäten und Lichtverhältnisse sind abgedeckt. Reflexschirme und Softbox, Stative und drei Leuchten. Der Chef hat mir die gute Kamera mitgegeben. Er hat gesagt, es wäre jetzt meine Chance, ins Licht der internationalen Presse zu treten!« Begeistert klopfte er auf die Tasche, die zuoberst auf der Karre vertäut war. Verschwörerisch blickte er sich um. »Die D3!«, flüsterte er und riss dabei beide Augen weit auf. »Und beide Objektive!«

»Ach was! Beide?« Anerkennend schob ich meine Unterlippe vor und nickte ebenfalls. Mein Blick fiel auf die Bahnhofsuhr. »Los, einsteigen, Rudi, der Zug fährt gleich ab!«

Ich drehte mich um, zog die Zugtür auf, schwang meine Tasche in den Zug und mich hinterher.

»Ja, klar«, sagte Rudi, ohne zu widersprechen, und fing an, um sein Gepäck zu tanzen, anstatt einzusteigen.

»Gib mir zuerst den Koffer, dann heben wir zu zweit die Sackkarre rein«, schlug ich vor, sprang wieder auf den Bahnsteig und griff mir schon seinen Koffer. Mit Wucht zerrte ich ihn die Stufen hoch. Rudi rannte immer noch unentschlossen hin und her.

»Jetzt den Karren«, sagte ich.

»Den schaff ich allein«, antwortete er.

»Sei vernünftig, fass unten an und auf drei heben wir ihn rein!«

Rudi bückte sich und bei zwei riss er die Karre nach oben. Das Gefährt samt Mann gerieten in eine Unwucht, noch bevor ich eine Chance hatte, am oberen Ende zu ziehen. Wie in Zeitlupe rutschte die Kameratasche unter dem Gummiband hervor und fiel zwischen Zug und Bahnsteig. Schnell versuchte ich mit der Hand danach zu greifen, hielt aber sofort wieder ein, um weitere Verluste zu verhindern.

Rudi schob wie besessen immer noch von unten an der Sackkarre. Ich zerrte oben am Griff und mit einem metallischen Ächzer landete sie endlich im Wagen. Schwitzend und schnaufend schob sich Rudi hinterher. Dazu brauchte er mehrere Anläufe.

»Wo ist die Kamera?«, fragte ich vorsichtig.

Rudi erstarrte. Plötzlich schrie er hysterisch auf: »Das war die Kamera?«

»Was dachtest du denn?«

Kopfschüttelnd quetschte ich mich an ihm vorbei und stieg wieder aus.

Rudi keuchte hinter mir her.

Die Kameratasche war nicht zu sehen. Ich schaute zwischen Bahnsteig und Zug nach. Nichts. Dann bückte ich mich und linste unter den Zug. Da war sie! Im Gleisbett.

Rudi war auf die Knie gesunken und fing an zu jammern: »Die Kamera, die gute Kamera ist weg! Die gute Kamera!«

Seine Stimme hatte einen Fistelton angenommen, der auf tiefste Verzweiflung schließen ließ.

»Ich hole sie«, sagte ich beruhigend und glitt geschmeidig zwischen Bahnsteig und Zug. Ohne größere Anstrengung konnte ich die Tasche schnappen.

Rudis Wehklagen erfüllte den Bahnhof: »Komm zurück! Du wirst sterben! Wir werden alle sterben! Komm zurück!« Er wiegte verzweifelt seinen Oberkörper vor und zurück.

»Alles gut, Rudi! Ab, einsteigen!« Ich stellte die Kamera auf den Bahnsteig und kletterte hinterher.

Ungläubig riss Rudi die Tasche hoch und hielt sie wie ein Baby in seinen Armen.

»Danke, Sina, danke! Die gute Kamera!«

Sein Dackelblick war herzzerreißend. Aber sein Anfall war noch nicht vorbei. Offensichtlich hatte der Stress bei ihm direkt ins Sprachzentrum getroffen.

»Ich bin so froh, dass die Kamera wieder da ist. Du hättest sterben können, wenn der Zug nun schon losgefahren wäre! Dann wärst du da unten festgeklemmt und die Kamera wäre auch kaputt und was hätte ich dann tun sollen? Was tut man denn bei so einer Gelegenheit? Ruft man da die Polizei oder die Bundesbahn an? Oder kommen die von alleine? Gibt es hier eine Bahnhofsmission? Was hätte Kurt gesagt! Das Licht der internationalen Presse! Mein Durchbruch! Hätte ich nur das Gummiband fester gezogen!«, jammerte er wie aufgezogen.

»Rudi! Ist ja gut! Ist alles in Ordnung, ich bin ganz und die Kamera gesund. Entspann dich!«

Das war anscheinend zu viel verlangt. Rudi lamentierte noch bis Schaffhausen.

Zum Glück ging das Umsteigen dort problemlos vonstatten.

»Rudilein, ich besorg uns mal was zum Frühstück«, sagte ich, als wir sicher im Schweizer Zug angekommen waren.

Ich wollte verhindern, dass er mich weiter vollschwallte.

»Au ja, ich nehm ne Bockwurst.«

Na, das war einfach, hätte ich schon vorher draufkommen können, ihm mit einer Wurst den Mund zu stopfen.

Doch kaum stand ich im Gang, schnarrte eine Stimme in Schweizer Dialekt durch den Zug: »Liebe Reisegäste, auf Grund eines technischen Defekts bleibt unser Bordrestaurant geschlossen. Im Bistro haben wir Kleinigkeiten für Sie vorbereitet. Vielen Dank für Ihr Verständnis!«

»Nicht das auch noch«, stöhnte Rudi.

»Irgendwas wird es schon geben«, beruhigte ich ihn und machte mich auf den Weg.

»Was Fettiges für meine Nerven!«, rief Rudi mir noch nach.

Na klar, was sonst.

Am Kiosk hatte ich die Wahl zwischen kalt und lauwarm. Sie konnten nichts warm machen und nichts kühlen. Also nahm ich zwei laue Prosecco-Fläschchen und zwei kalte Bockwürste mit Mayo, da der Senf leider nicht aufzufinden war.

Rudi maulte zwar, stopfte sich allerdings beide Würste schneller rein, als ich den Prosecco herrichten konnte. Er quetschte sich beide Packungen Mayonnaise in den Mund.

»Na dann Prost!«, sagte ich anerkennend und hielt ihm das Plastikglas hin.

»Nee! Das kann ich nicht, am frühen Morgen schon Alkohol! Da wird mir schlecht.«

Mit einem Schulterzucken hob ich vorsichtig mein Glas an die Lippen. War nicht so furchtbar, wie ich erwartet hatte. Runter damit! Auf den Schreck war das genau das Richtige!

So unterschiedlich waren die Leute, dachte ich. Bei dem Gedanken an zwei kalte Bockwürste mit Mayo schüttelte es mich.

Eine halbe Stunde später musste Rudi ganz plötzlich aufs Klo. Er rannte, so gut es bei ihm eben ging, durch die Gänge.

Es dauerte eine Ewigkeit, bis sich neben mich ein Häufchen Elend plumpsen ließ. Rudi war weiß wie eine Wand und hatte Schweißperlen auf der Stirn.

»Was ist mit dir los?«, fragte ich.

»Die Bockwurst, glaub ich«, stöhnte er.

Kurz darauf rannte er wieder zur Toilette.

Oder die lauwarme Mayo, dachte ich und es schüttelte mich wieder. Er hätte Prosecco draufkippen sollen. Aber auf mich hörte ja keiner!

Auf dem Züricher Flughafen angekommen, hatte ich Rudi überredet, wieder umzukehren. Völlig selbstlos erbot ich mich, die Kamera zu nehmen und den Beitrag allein zu recherchieren. Ein Objektiv passte noch in meine Tasche. Mit dem Rest der Ausrüstung und seinem großen Koffer setzte ich Rudi in einen Zug, der nach Stuttgart fuhr. Ab da war er auf sich allein gestellt.

Zufrieden stand ich auf dem Bahnsteig und winkte Rudi zu, der zwar schon viel besser aussah, aber meinen Beteuerungen, er gliche einem blutkranken Zombie, gern Glauben schenkte.

»Pass auf die teure Kamera auf!«, waren seine Abschiedsworte.

»Feuchtes Toilettenpapier reibt nicht so am Po«, waren die meinen.

Nun musste ich mich beeilen. Schnell zum Check-in. Da ich nur Handgepäck und die Kamera hatte, ging alles zügig voran.

Die Stewardess am Schalter mahnte mich trotzdem zur Eile: »In elf Minuten schließt das Gate.«

Nach der Passkontrolle rannte ich wie mit dem Katapult geschossen los. Gate D 19. Hier war erst B 5! *Nicht aufgeben, das schaffst du, du bist eingecheckt, sie warten bestimmt.* Bestimmt!

Ich raste durch die Gänge. Da war D. Es konnte nicht mehr weit sein. Meine Beine schleuderten automatisch nach vorn, die Taschen schleiften inzwischen am Boden hinter mir her.

»Die Kamera!«, durchfuhr es mich.

Qualitätsware musste das aushalten, ich könnte ja in einem Jeep sitzen und durch holpriges Gebirge fahren oder auf einem Kamel durch die Wüste galoppieren. Vor mir unendliche Weite. In der Ferne eine Oase. Da müsste sie dann auch durch, die Kamera!

Gate D 2. Da hinten D 10. Wie dämlich, dass ich nicht den Rollenkoffer mitgenommen hatte! Dämlich! Aber der war ja nicht schick genug! Nach Italien reiste man doch nicht mit einem Rollenkoffer. Oma Hilde hatte mir schon vor einiger Zeit ihre gute Tasche aus bedrucktem Kuhfell überlassen.

Die Oase kam langsam näher. *Bitte keine Fata Morgana! Bitte!*

Hinter mir hupte es. Keuchend lenkte ich das Kamel auf die Seite. An mir fuhr ein Elektroauto vorbei. Ganz kurz glomm ein Funke Hoffnung auf. Natürlich schon besetzt. Zwei dicke Drumseln quetschten sich auf der schmalen Bank und warfen mir spöttische Blicke zu. *Ja, lasst euch nur chauffieren! Bewegt euch bloß nicht. Platzen sollt ihr. Jetzt!*

Mit letzten Anstrengungen versuchte ich meinen Körper zu straffen und meine entglittenen Gesichtszüge in ein halbwegs würdevolles Antlitz zu verwandeln.

Ich rannte.

Gate D 19. Da war es.

Mit zitternden Fingern fummelte ich die Bordkarte aus meiner Hosentasche. Die Stewardess am Gate riss sie mir aus der Hand, schob mich vorwärts und zog hinter mir die Tür zu. Meine Beine waren wie Gummi und meine Arme wackelten unkontrolliert auf und ab. Kaum schaffte ich es bis ins Flugzeug.

»Wir müssen Sie upgraden und in der Business-Class unterbringen. Hinten ist alles voll«, flüsterte mir die Stewardess zu.

Ungläubig starrte ich sie an. »Danke!«, brachte ich noch raus.

Schwitzend und schnaufend schmiss ich mich in meinen Sitz. Die Taschen stapelten sich auf meinem Schoß. Wie erstarrt saß ich da und musste erst einmal alles sacken lassen. Ich konnte mich nicht rühren.

»Soll ich Ihr Gepäck verstauen?«

Die freundliche Stewardess beugte sich über mich. Ihr braunes Haar hatte sie zu einem Zopf gebunden, kleine widerspenstige Locken umrahmten ihr hübsches Gesicht.

»Das wäre ausgesprochen nett«, antwortete ich dankbar.

Sie nahm meine Taschen vom Schoß und stopfte sie in die oberen Gepäckfächer. Eigentlich wollte ich noch nach der Kamera schauen, ändern würde das an ihrem Zustand aber auch nichts mehr. Das konnte also warten.

»Möchten Sie ein Gläschen Champagner?«

»Kalt?«

»Aber selbstverständlich!«

»Ausgezeichnet.«

Langsam ließ ich mich in meinen Sitz sinken. Das war ja besser ausgegangen, als ich es mir hätte vorstellen können. In der Business-Class nach Italien, ohne Rudi! Ein Lächeln kroch in mein Gesicht, das erste seit Tagen. Seit ich erfahren hatte, dass Martin sich hatte bezirzen lassen.

Sicher, eine attraktive Circe. Ihr schäbiger Charakter war aber doch ein schreiender Makel. Das mussten sie doch erkennen, Nathalie und Martin. Waren sie denn blind? Oder ich völlig verblödet? Meine vertrauteste und bis dato loyalste Freundin!

»Man hat nur ein- oder zweimal das Glück im Leben, ein wahre Freundin zu finden«, hatte Oma Hilde mir erklärt, nachdem ich ihr Nathalie das erste Mal vorgestellt hatte. Sie hatte uns irgendwann zugelächelt und gesagt: »Passt gut auf euch auf, ihr zwei! Männer gibt's wie Sand am Meer, aber eine Freundin ist wie ein Diamant unter Sandkörnern. Ein seltenes Glück, ihn zu finden, und unmöglich, ihn wiederzubekommen, wenn man ihn verloren hat.«

»Nathalie hat bestimmt keine Schwester«, hatte Oma Hilde noch unvermittelt zu mir gesagt, als wir wieder allein waren.

»Stimmt! Woher weißt du das? Ist ja unheimlich.«

»Weißt du, Sinchen, ich habe die Erfahrung gemacht, dass Frauen mit Schwestern keine guten Freundinnen sind. Sie haben es meist nicht nötig, sich Mühe zu geben bis ins Letzte. Die Vertraute, in guten und in schlechten Zeiten, haben sie in der Familie.« Sie überlegte kurz. »Loyalität ist das Zauberwort. Steht füreinander ein. Es ist ein bisschen wie in der Ehe, man muss sich blind vertrauen können. Bei manchen funkt es gleich und andere brauchen etwas länger, bis sie sich erkennen.«

Ich vermisste Nathalie! Sehr! Eigentlich noch mehr als Martin. Aber sie hatte mich verraten! Nie mehr im Leben würde ich …

»Ihr Champagner, bitte sehr. Und hier die Speisekarte. Ich bin gleich wieder bei Ihnen.«

Wie schön, dass jemand nett zu mir war. Das Glas hing kühl in meiner Hand und mit spitzen Lippen schlürfte ich ein Schlückchen. Tat das gut! Noch ein Schlückchen. Langsam fielen mir die Augen zu.

Gerade war ich weggeschlummert, da kam eine Durchsage: »Sehr geehrte Fluggaste, isch heiße Giovanni Marcellani und bin heute Ihre Capitano. Isch wunsche Sie eine gute Flug.«

Wahrscheinlich machte Giovanni gerade einen Deutschkurs und wollte testen, ob ihn jemand verstand. Dasselbe folgte dann noch auf Englisch und Italienisch.

Mit Schlafen war es jetzt definitiv vorbei. Einmal geweckt, würde ich nicht mehr ins Land der Träume finden, ich kannte mich. Nun, da konnte ich mich auch gut an die Vorbereitungen für die Reportage machen.

»Möchten Sie vielleicht mal ins Cockpit schauen?« Die Stewardess legte ihre Hand auf meinen Arm.

Einen ganz kurzen Moment lang wollte ich ablehnen und ihr sagen, dass ich das alles schon von den Flügen mit meinem Flugkapitän-Vater kannte und sie vielleicht einen anderen damit glücklich machen könnte. Aber sie schaute mich so erwartungsvoll an. Ich konnte sie doch nicht enttäuschen.

»Au ja! Das wäre doch mal was«, sagte ich daher.

»Warten Sie einen Moment, ich sag dem Kapitän schnell Bescheid«, sagte sie und verschwand hinter dem Vorhang.

Es war tatsächlich schon sehr lange her, seit ich in einem Cockpit war. Froh, nicht abgelehnt zu haben, schnallte ich mich ab und stand auf. Da schob schon die Stewardess den Vorhang zur Seite und winkte mir freundlich lächelnd.

»Ick will och ma ins Cockpit, Fräulein! Ick hab vorhin schon zweemal jebettelt!«, grölte von hinten eine tiefe Stimme.

Ich drehte mich zu ihm um. Schon wieder ein Berliner. Dass die immer ihre Klappe aufreißen mussten. Unmöglich!

»Nur weil ick keene Titten hab, wa?«, proletete er in meine Richtung.

»Das ist die Schwester des Kapitäns«, versuchte die Stewardess den Fluggast zu beruhigen.

»Ick och!«, hörte ich noch und dann wurde ich schon ins Cockpit geschoben.

»Capitano, hier habe ich einen interessierten Fluggast«, sagte sie und schloss schnell die Tür von außen.

Zwei Augenpaare starrten mich an. Ich starrte zurück in das Paar links. Holla, dachte ich, und verlor mich in tiefstem Blau, das mich einsog wie ein Badewannenabfluss.

»Möchten Sie sich setzen?«, fragte mich der Besitzer des rechten Augenpaars.

Ich brachte ein Nicken zustande, konnte mich aber nicht vom Besitzer des linken Augenpaars losreißen.

Ein spiegelglatter Bergsee, umrahmt von samtig grünen Hügeln, Kühe kauen friedlich, ihre Glocken bimmeln leise und Kinder in weißen Kleidchen basteln Blumenkränze.

»Mein Name ist François. Setzen Sie sich doch!«, kam von rechts und katapultierte mich aus dem Paradies auf einen fellbezogenen Sitz in der Mitte des Cockpits.

»Sina, ich … ich bin Sina«, stotterte ich und reichte François meine Hand.

Er ergriff sie und schüttelte sie überschwänglich.

»Na, das ist ja eine Überraschung, wunderbar«, raunte in tiefstem Bass die Stimme von links. »Iche binne Giovanni«, sagte Giovanni und streckte mir auch seine Hand entgegen.

»Der Deutsch lernende Capitano«, flüsterte ich und umklammerte seine Hand mit meinen beiden.

»Iche muss nicht lerne Deutsch, iche kann ausgezeichnet verstehe«, brummte er und bediente damit direkt die Fernsteuerung in mein tiefstes Inneres.

Vielversprechend plätscherte ein klarer Bergbach über die Felskante in den See. Tröpfchen bildeten einen Regenbogen im Sonnenlicht. Bienen summten und Schwalben neckten sich im Himmelsblau.

»Soll iche zeige, wie …«

Es klopfte.

Wenn du meine Hand nicht loslässt, kannst du mir alles zeigen, was du willst.

François stand auf, drängelte sich an mir vorbei und öffnete die Tür.

Die nette Stewardess steckte ihren Kopf ins Cockpit. »Möchten die Herrschaften vielleicht etwas trinken?«

»Fur hubsse Signorina eine Glase Champagner und für miche Espresso.« Giovanni zwinkerte ihr zu.

François wollte gerade zu einer Bestellung ansetzen, da war die Tür schon wieder geschlossen.

Rollenverteilung klassisch. Ober sticht Unter. Etwas irritiert schaute ich Giovanni wieder an und mir wurde klar, dass ich immer noch seine Hand hielt. Vorsichtig ließ ich los und sah mich im Cockpit um.

Er interpretierte das auf seine Weise. »Sina, Sie brauche keine Angste su habe. Die viele Knopfe sehe aus furchtbar, iche habe ier alles unter Kontrolle.« Beruhigend tätschelte er mein Knie.

Bis vor fünf Minuten hätte ich geschworen, dass ich niemals auf eine so plumpe Anmache hereinfallen würde. Aber sag niemals nie … Das war doch süß, dass er mir ein sicheres Gefühl vermitteln wollte. Er konnte ja nicht ahnen, dass mir die Fliegerei nicht fremd war. Ein Gentleman! Ein tiefer Seufzer durchfuhr mich lautlos.

»Jeze muss iche spreche mit Tower ein bisschen.« Mit einem tiefen Blick aus seinen stahlblauen Augen lächelte er mich an und drehte sich in Flugrichtung.

Es klopfte erneut an der Tür. Mein Blick schnellte zu François, der gerade einen Papierstapel auf seinen Knien schaukelte und einen genervten Eindruck machte.

»Ich mach schon«, sagte ich und nahm Champagner und Espresso entgegen.

Dankbar schaute François zu mir hoch. Mit fragendem Blick streckte ich ihm das Champagnerglas entgegen. Er lächelte, blies seine Backen auf schielte erst zu seinem Kapitän, dann in Richtung Himmel.

Ich hatte verstanden. Giovanni würde ihn direkt ins Jenseits befördern, wenn er das Glas annahm. Ich grinste und hielt dem Kapitän den Espresso vor die Nase. Er sprach in sein Mikro, sah mich dabei strahlend an und strich wie zufällig über meinen Arm, als er nach der Tasse griff.

Die Schwalben trillerten in wildem Reigen durch die Lüfte, ließen sich steil nach unten fallen, um sich dann mühelos wieder in unendliche Höhen zu katapultieren. Schmetterlinge tanzten beschwingt und schwerelos.

Mit wackligen Knien ließ ich mich auf den dritten Sitz sinken. Giovanni prostete mir mit seinem Tässchen zu.

»Salute!«, erwiderte ich leise und ein verträumtes Lächeln schlich sich in mein Gesicht. Mit spitzen Lippen am

Champagner nippend beobachtete ich ihn. Gregory Peck mit grauer Langhaarperücke, schoss es mir durch den Kopf, und Friedrich fiel mir ein. Wo kam der jetzt auf einmal her? Nicht jetzt Friedrich, nicht jetzt!

Konzentration ins Cockpit, Sina! War ja nicht besonders schwer bei diesem Prachtkerl in Uniform. Als seine Schwester würde ich allerdings schwerlich durchgehen. Außer seine Mutter hätte mich mindestens dreißig Jahre später entbunden.

»Wo wohne Sie in bella Olbia?«, riss mich sein Bass aus der Grübelei.

»DoubleTree«, platzte ich heraus.

Sina, Sina! Hatte ich doch glatt die wichtigste Regel von Oma Hilde vergessen: »Gib niemals bei einer Urlaubsromanze dein Hotel preis. So hast du bei plötzlicher Entliebung immer einen Rückzugsort.«

»No!«, brummte es ungläubig. »Wir sind tutto accanto, äh, äh, in der Nähe.«

Aha, er kannte die Regel also auch, keine genaue Angabe des Hotels.

»Wie viele Nächte werde Sie sein?«

»Nur eine oder zwei. Ich muss für eine Reportage ein wenig herumfahren und fliege dann schon wieder nach Zürich.«

»Oh la la, eine Reporterin, und so hubss. Verdreht viele Männer die Kopf, die erzähle dann alles!« Lachend zwinkerte er mir zu. »Iche kenne mich bene aus, kann zeige viel.« Sein Blick senkte sich tief in den meinen. »Wir sind ier vier Tage. Fliege zweimal am Tag nache Zurich.«

Auf dem Bergsee gleitet ein Segelboot lautlos dahin. Ich liege in einem Bikini auf den Planken und Giovanni sitzt, natürlich in Uniform, neben mir. Mit einem Plopp öffnet er eine Flasche Wein. Schwäne, Gänse und Reiher stieben auf und schwingen sich durch die Luft. Langsam beugt er sein Gesicht zu mir …

»Käpt'n, in einer Viertelstunde landen wir«, kam es plötzlich von François.

Giovanni sah ihn mit gerunzelten Augenbrauen an. Er raunzte etwas Unverständliches.

Dann drehte er sich in meine Richtung und flüsterte mit beschwörender Stimme: »Ich warte nache die Passkontrolle auf dir«, drückte einen Knopf und sagte ins Mikrofon: »Atterraggio in 15 minuti.«

Prompt klopfte es an der Tür. François stand auf, drängelte sich wieder an mir vorbei, ohne mich anzuschauen, und ließ die Stewardess herein.

»Ich bringe Sie wieder an Ihren Platz, Signora«, sagte sie und warf einen fragenden Blick zum Kapitän.

Der wandte den Kopf und sah erst sie, dann mich lächelnd an.

»Vielen Dank, dass ich Sie besuchen durfte«, sagte ich artig und reichte ihm meine Hand.

Giovanni nahm sie, hauchte einen Kuss darauf, sah mir in die Augen und nickte ganz leicht mit dem Kopf. Mein Herz fing an zu rasen. Das hatte er ernst gemeint. Sollte ich annehmen? Eigentlich sollte ich mich noch ein bisschen ins Thema Weinbau einlesen. Und was würde Martin sagen?

Wie bitte? Was würde Martin sagen? Ich war ja verrückt! Martin ritt wahrscheinlich gerade mit Bullen-Bille durch die Jagdgründe. Der hatte gar nichts mehr zu sagen. Martin! Pfff! Und so schwierig war die Thematik des Weinanbaus ja auch wieder nicht, das konnte ich auch später noch recherchieren! Also nickte ich ebenfalls.

Der Kapitän wartete tatsächlich nach der Passkontrolle auf mich und bot mir einen Platz im Crewbus an. Ich war nun heilfroh, die schöne Tasche von Oma Hilde dabeizuhaben. Ein Rollenkoffer wäre jetzt wirklich unmöglich gewesen.

An meinem Hotel angekommen, flüsterte er mir ins Ohr: »Ich dich hole ab um neun zum Essen«, half mir, mein Gepäck aus dem Bus zu ziehen, und verabschiedete sich züchtig.

Da war ich nun. In einem Hotel in Olbia mit einem italienischen Papagallo im Bett. Das ich gerade unauffällig zu verlassen versuchte.

Plötzlich ertönte der Triumphmarsch von Aida in voller Lautstärke. Sein Handy! Natürlich. Ich warf mich in Richtung Fanfaren. Zu spät.

Arme reckten sich in die Luft und mit »Buongiorno, mia bella compagna di letto« schnellte er hoch und stand nackt im Bett.

Mist! Was wollte er jetzt mit Milch? Oder was hieß das?

»Tutto liscio come l'olio! Sì, ha funzionato. La mia piccola è ancora a letto. Ci sentiamo presto. A dopo!«

Keine Ahnung, was er da redete.

»Wisse du, bella, das war ›Wach auf‹-Anruf. Iche muss unte sein in eine Stunde. Wir habe noche Zeit«, raunte er mir ins Ohr.

»Ich muss mich auch beeilen«, versuchte ich ihn zu bremsen. »Ich muss aus meinem Hotel noch meine Ausrüstung holen und dann los.«

»Biette, biette! Iche will dir noche zeigen meine neues Uniform. Hab iche in Koffer und auch noch nicht gesehe.« Er rekelte sich. »Iche gehe pronto in Bad und danne voila! Wirst du sehe bello sexy Mann.« Und schon war er im Bad verschwunden.

Da war ich ja gespannt. Der italienische Hengst hatte sich nämlich im Laufe des Abends als fleischgewordenes Klischee eines Italieners herausgestellt. Eitel, geschwätzig und abergläubisch. Mit links polierte er ständig seine Schuhe und die goldenen Knöpfe seiner Uniform. Mit rechts hielt er dauerlabernd ein Telefon an sein Ohr. Anstrengend.

Im Hotel angekommen, hatte Giovanni mir ins Ohr geflüstert: »Erzähle mir eine schöne Wunsch.«

Das hatte ich offensichtlich falsch verstanden, denn als ich ihm ins Ohr hauchte: »Guten Flug!«, ließ er sofort von mir ab.

Seine Hand schnellte in seinen Schritt und er fing wie wild an, sich sein Gemächt zu reiben. Dabei sah er mich entsetzt an. »Mamma mia, das darf man nicht sage! Bringt Unglück! Uhuhu!«

Er rubbelte weiter.

»Was darf man nicht sagen? Guten Flug?«

Er schloss die Augen und pustete lange aus. Wahrscheinlich kam er mit dem Rubbeln schon an seine Konditionsgrenze.

»Ja, ja. Ganze schlecht. Ganze schlecht. Muss man reiben Eier, damit Unglück vorbeischleicht.«

»Ist gut, ich hab verstanden. Hör auf damit, sonst bekommst du dort noch eine glänzende Stelle.«

Er stoppte endlich und öffnete die Augen.

»Was darf man sagen?«, fragte ich.

»Alles, bella, alles, nur nicht das!«

»Okay, okay! Na dann, äh, schöne Reise?«

»Ja danke. Besser! Viel besser!«

Die schiere Erschöpfung war ihm anzusehen. Er war eben doch nicht mehr der Jüngste. Langsam zog er ein Taschentuch aus seiner Tasche und strich sich damit über die Stirn. Bückte sich, wischte über seine Armani-Schuhe.

Anstrengend.

Und jetzt: Was war das für ein Geräusch? Klagelaute kamen aus dem Bad.

»Ist alles in Ordnung?«, rief ich.

Das Klagen verstummte kurz.

»No, bella, no.« Es schniefte laut hinter der Tür. »Die Schuhe ...« Der Rest ging im Gewimmer unter.

Und dann kam er aus dem Bad. Super Mario depressiv. Ein riesiger Hut thronte auf seinem Kopf. Das Vorderteil der Uniformmütze stand zwar stolz nach oben, die Seiten allerdings schlappten traurig herunter.

Ich starrte ihn an und sein Blick in meine Richtung sagte alles. Mit hängenden Schultern kam er auf mich zu.

»Kannst du glauben, so eine Hässlichkeit, bella?«, stieß er zwischen den Zähnen hervor und gab mir einen flüchtigen Kuss.

»Dann nimm ihn doch ab!«, antwortete ich und griff nach seiner Kopfbedeckung.

Entsetzt federte er zurück. »Der Hut iste schönste an Uniform!« Er griff danach und zog das Monstrum wieder an seinen Platz.

»Schau, bella, nix mehr goldene Knöpfe. Schwarze Kunststoff!« Unglücklich schwang er den Handrücken über die Knopfreihe des Uniformblazers.

Jetzt, wo er es sagte ...

»Ähm. Wäre mir jetzt gar nicht aufgefallen.«

»Nichte aufgefalle? Das siehte aus wie Uniform aus Ostblock!« Dann richtete sich sein Blick auf seine Schuhe. Mit zitternder Unterlippe zeigte er nach unten. »Das Schlimmste sind Gesundheitsschuhe!«

Seine edlen Treter waren durch praktische schwarze Schuhe mit Gummisohle ersetzt worden. Ich konnte seine Verzweiflung nicht ganz nachvollziehen. Die Schuhe waren ganz ordentlich. Der Hut dagegen war zum Schreien.

Giovanni war kurz vorm Heulen.

»Das wird schon wieder«, versuchte ich ihn zu trösten. »Es gibt viel Schlimmeres.«

»Nichts Schlimmeres!«, grummelte er an meinem Ohr. »Gar nichts! Wir sind jeze lächerliche Figur. Solche Schuhe kann man nicht trage. Seniorenschuhe. Ganz schlecht!«, jammerte er weiter.

Gewitterwolken ziehen auf. Schwalben fliegen tief und hinterlassen weiße Flatschen auf dem Deck. Der See trübt sich und Grau wird die vorherrschende Farbe. Die Kinder am Ufer rennen kreischend davon und zertrampeln die Blumen.

Mann, das war ja nicht zum Aushalten. So ein eitler Gockel! Nervig! Es begann in mir zu brodeln und ich beschloss die Flucht nach vorn anzutreten.

Wo war nur mein Kleid? Zusammengeknüllt auf dem Sessel. Na super! Ich streifte es über und schaute aus dem Fenster. Es nieselte. Das auch noch. Schnell suchte ich meine Strümpfe. Als ich den zweiten Strumpf zurechtgerückt hatte, schaute ich auf. Giovanni starrte mich mit offenem Mund an.

»Strumpfe, bella, mache mich pazzo, äh, äh, verruckt!« Dabei leckte er sich über die Lippen.

»Vergiss es!«, schnauzte ich ihn an und zerrte vor Wut an der Zierspitze.

Ritsch! Traurig rutschte der Strumpf Richtung Knöchel. Verdattert schaute ich ihm nach.

»Uhhh! Rabatte ab. Unglück!«

Ich sah zu Super-Giovanni, der schon wieder begann, sich den Sack zu reiben.

»Hau bloß ab!«, zischte ich und griff nach meinem kaputten Strumpf.

Auf einem Bein humpelnd zerrte ich mir den zweiten vom anderen Bein, knüllte beide zusammen und schmiss das Knäuel an den Kopf vom Capitano.

Naja, nicht ganz. Nach einem kurzen, sehr kurzen Flugmoment schwebte das sich auflösende Knäuel wieder Richtung Teppich.

Gut, dann eben ohne Strümpfe.

»Arrivederci«, sagte ich, ging, ohne mich umzudrehen, aus dem Zimmer und machte mich auf den Weg in mein Hotel.

Unterwegs hielt ich an einem kleinen Supermarkt, um mir eine Kleinigkeit zu essen zu kaufen. Das Erste, was mir im Kühlregal in die Augen sprang, war Almighurt von Ehrmann. Aus der Molkerei, die ich besucht hatte, als die Welt noch in Ordnung war. Martin noch in meinen Armen, Nathalie meine beste Freundin, Bullen-Bille noch in ihrem Tipi und sämtliche Italiener bei Mama in der Küche.

Zärtlich strich ich über das Logo. Heimat. Ein Kloß würgte mir im Hals. Quatsch! Wölfin! Ich war doch jetzt eine einsame Wölfin! Die brauchte niemanden.

Der Tag verging rasend schnell. Meinen Mietwagen quälte ich über holprige Straßen zu dem entlegenen Weinbauern. Die Insel war wunderschön. Schroffe Klippen und wildes Meer wechselten sich mit wunderbaren Stränden ab. Eukalyptuswäldchen drückten sich an die Felsen. Die Berge luden zum Wandern ein.

Ich war allerdings nur halb bei der Sache. Meine Gedanken kreisten um Martin, Natze und jetzt auch um Giovanni. Wie konnte ich nur?

Friedrich würde sagen: »Den Arsch sollte man dir versohlen für so eine Dummheit!«

Der liebe Lumbri. Wenn ich wieder in Ulm war, musste ich ihn unbedingt mal auf ein Glas Wein einladen und »Gaisburger Marsch« kochen. Diesen Eintopf liebte er.

Nathalie mochte den auch gern. Na, die würde mir ne Standpauke halten, wenn ich ihr das hier erzählte. Und sich dann köstlich über die Uniformgeschichte amüsieren.

Aber dazu würde es ja nicht kommen. Und wer war schuld? Martin!

Aber den Gedanken an Martin verscheuchte ich sofort. Der hatte auf der schönen Insel nichts zu suchen. Sollte er doch auf Jagd gehen! Mir doch egal.

Auf der Fahrt bedauerte ich, dass ich die von den Bauern angebotene Gastfreundschaft nicht ausnutzen konnte. So manches gute Tröpfchen blieb ungekostet und von wegen Mittagsschläfchen: Ich hetzte durchs Paradies.

Die Holzschnitzereien würde ich erst auf den entwickelten Fotos genießen können. Am Anfang hatte ich ein paar Bedienungsprobleme bei der Profikamera, aber einer der Holzschnitzer stellte mir ein Pauschalprogramm ein, mit dem ich über die Runden kommen würde. Zum Glück war die Kamera unbeschädigt geblieben.

Abends war ich fertig. Auf nach Hause. Das Münster rief nach mir.

Natürlich erwischte ich genau den Flug, den Giovanni und ein anderer Kollege operierten. Im Flugzeug bekam ich mit, wie die Stewardess einer sehr hübschen Rothaarigen anbot, doch das Cockpit zu inspizieren.

Als diese aufstand, um die Testosteronhöhle zu begutachten, dachte ich nur: »Viel Spaß, bella compagna di letto!«, was auch immer das heißen sollte.

Kaum war ich daheim angekommen, schellte es an der Tür. Genervt spähte durch den Spion. Martin! Mein Herz fing an zu rasen.

Was wollte der denn? Sich entschuldigen? Ich öffnete.

»Sinalein.« Er trat ein und wollte mich in seine Arme nehmen.

Ich wich zurück.

»Sinalein, lass uns reden.«

»Worüber, Martin?«, fragte ich. »Worüber willst du noch reden?«

»Ich wollte das nicht. Wirklich!« Er schaute mich flehend an. »Bitte versteh doch! Es ist einfach passiert.«

»Was soll ich verstehen? Dass du mich betrogen hast? Eiskalt ausgetauscht? Fallen gelassen?«

»Sinalein! So war das nicht.«

»Genau so ist es aber!«

»Bitte sei doch nicht mehr grimmig.« Er strich mir mit der Hand über den Kopf.

Grimmig? Waren wir jetzt im Kindergarten? Ich trat einen Schritt zur Seite.

»Sinalein, wir können doch Freunde bleiben. Ich werde immer für dich da sein. Du kannst dich auf mich verlassen. Du tust mir so leid.«

Was? Na das setzte dem Ganzen ja die Krone auf. Mitleid war das Letzte, was ich brauchen konnte!

»Martin, werde glücklich mit Billa«, sagte ich, schob ihn aus der Tür und schloss diese fest zu.

Kapitel 11 | *Nathalie*

Butter, Milch, Quark, Joghurt. Wort für Wort ging ich auf meinem Zettel durch, mit Blick in meinen Einkaufswagen. Alle Milchprodukte da. Zudem reichlich Süßigkeiten. Apfelmus für Reisauflauf und … Zucker. Zucker? Den hatte ich vergessen, und jetzt stand ich schon in der Schlange zur Kasse.

Drei Personen vor mir, das reichte locker, um nochmals zum Regal zurückzuspurten.

»Entschuldigen Sie, könnten Sie meinen Wagen bitte mit zum Band ziehen?«, bat ich den Herrn im Blaumann vor mir, der eine Flasche Wasser in der Hand hielt. »Ich habe eine Kleinigkeit vergessen, bin sofort wieder da.

»Mach ich«, brummte er.

Als ich mit meinem Zuckerpaket zurückkam, war der Handwerker bereits ein Stück vorgerückt und hatte meinen Wagen mitgezogen. Eine Frau in Jeansjacke, mit jeder Menge Konserven und Fertiggerichten im Wagen, hatte sich angeschlossen. Die Reihe der zweiten Kasse war schon bedeutend weiter vorangekommen. Ich war auf gleicher Höhe mit den beiden kichernden Mädchen gewesen, als ich zum Zucker gerannt war. Wie immer die falsche Kasse ausgesucht. Ach, bis die Frau mit dem Kind in der anderen Reihe ihre ganzen Artikel erst mal aufs Band geladen hatte, würde ich aufholen. Die hatte ihren Wagen ja randvoll geladen. Und außerdem war vor den Mädchen noch eine ältere Dame, die Mühe hatte mit ihrem Rollator. Bestimmt war bei ihr das Bezahlen so zeitraubend wie das Gehen. In meiner Reihe war ein Ehepaar an vorderster Stelle. Super, das ging meist schnell, denn während die Frauen einräumten, zückten die Männer schon mal die Geldbörse.

Ich begann nun meine Waren aufs Band zu legen, als eine schlanke Frau mit langen, blonden Haaren sich an der Nebenkasse einreihte. Sie hatte im Wagen nichts außer Prosecco der Marke, die Sina …

»Sinaaa!«, rief ich wohl etwas zu laut, denn alle Kunden zuckten zusammen.

Mir entging nicht, dass auch sie im ersten Moment erschrak, und dann kurz zu mir hersah. Genauso ruckartig aber wandte sie sich ab.

Es konnte doch nicht sein, dass sie nicht begriff, dass sie gemeint war!

»Hallo Sina!«, rief ich erneut und nicht viel leiser.

Keine Reaktion.

Da wurde mir klar, sie wollte mich nicht hören, nicht sehen und wohl erst recht nicht sprechen.

»Sie«, sagte die Mutter mit Kind nun zu Sina, »da drüben ruft Sie jemand.«

»Kenn ich nicht«, winkte Sina ab, ohne aufzuschauen.

»Kannst du mir bitte sagen, was das soll?«, fragte ich ein klein wenig leiser.

Ich konnte ihre Reaktion nicht einordnen.

»Was das soll, kann ich dir ganz genau sagen!« Sie wandte sich mir nun ruckartig zu. »Ich sag nur Billa!« Und dieses »Billa« klang wie ein Pistolenschuss.

»Und warum sprichst du dann mit *mir* nicht mehr?«

»Warum ich mit dir nicht mehr spreche? Das kann ich dir sagen!«, zeterte sie. »Du schenkst Billa und Martin – hör genau zu! –, nicht *Sina* und Martin, nein, *Billa* und Martin Eintrittskarten zu einem vergnüglichen Abend! Und zu mir kein Wort!«

Ich schmiss das Butterpäckchen und den Quarkbecher aufgebracht auf das Band. Das Kind vor Sina zog mittlerweile eine Schnute, als wollte es gleich losheulen.

»Männer, sag ich nur. Alle gleich!« Die Jeansjacke hinter mir schüttelte ihren Kopf. »Kommt was vermeintlich Besseres, sind sie weg. Alles auch schon erlebt.«

»Moment mal!« Der Handwerker lehnte sich nach hinten, um an mir vorbeizusehen. »Von wegen alle gleich, in ihrem Fall lag es vielleicht an zu viel Dosenfutter!«

»Ich finde, Sie sollten sich nicht einmischen, das geht doch nur die beiden Damen etwas an!«, sagte der Mann, der bereits bezahlt hatte, und seine Ehefrau stimmte ihm kopfnickend zu.

»Ach, und weil es nur die beiden Frauen was angeht, stehen sie noch da vorn rum, obwohl sie schon längst hätten gehen können!«, erwiderte der Handwerker.

Die beiden Mädchen sahen sich an und kicherten noch mehr. Dabei hielten sie immer wieder ihre Hände vor den Mund.

»Jetzt seid doch mal leise«, schimpfte die alte Dame ganz vorn, »ich hör nicht mehr so gut. Was war denn los zwischen diesem Martin und dieser … den Namen hab ich nicht verstanden.«

»Ja, was wohl!«, sagte der Handwerker und drückte der Kassiererin einen Geldschein in die Hand. »Erinnern Sie sich, da war doch noch was«, grinste er.

Alle lachten, außer Sina und mir. Endete unsere Freundschaft an einer Lebensmittelladenkasse? Die Freundschaft, die wir unter Wehenschmerzen geschlossen hatten! Opferte Sina unser gegenseitiges Vertrauen, unsere Offenheit, die absolute Loyalität, weil sie ein Ventil brauchte, um ihre Wut, ihre Verletztheit und Traurigkeit zu kompensieren? Was konnte ich dafür, dass ihre Beziehung ein wenig welk geworden war? Anstatt zu gießen und zu düngen, hatte sich Martin eben nach einer anderen Blume umgesehen. Und die Folldow'sche Galerie war zufällig die Wiese, auf der das Blümchen Billa geblüht hatte! Sina selbst hatte ihn zum Schauen mitgebracht, was konnte ich dafür, dass er nicht nur schaute, sondern gleich pflückte?

Inzwischen war ich an der Kasse angelangt und die Kassiererin hatte meine Ware gescannt.

»Ihre Wagennummer?«, fragte sie geschäftig.
»UL-NH 23.«
»Des Einkaufswagens!«
Keine Ahnung. »Sieben«, erfand ich spontan.
»Einstellig kann nicht sein.«
»Dann eben dreimal die Sieben!«
»Dreistellig kann auch nicht sein«, kam entnervt zurück.
»Einundzwanzig, dreimal sieben eben.«

Was war das überhaupt wieder für ein Kram – Wagennummer? Wenn sie jetzt noch etwas fragte, zum Beispiel: »Sammeln Sie Payback-Punkte?« oder: »Haben Sie eine Kundenkarte?«, dann rastete ich aus. Ich musste hier und jetzt meine Freundschaft zu Sina wieder in die Spur bringen!

»Sina, bitte lass uns nachher in Ruhe darüber reden«, sagte ich und legte mechanisch jeden Artikel zurück in meinen Wagen.

Ich musste mich im Griff haben, denn ich wollte der Fels sein, auf den sie weiterhin bauen konnte nach ihrer Enttäuschung mit Martin.

»Ich hab es eilig, ich muss gleich weiter«, sagte sie trotzig.

»Es kann doch nicht sein, dass Martin aus dem Nichts heraus alles hinschmeißt. Es muss doch Anzeichen gegeben haben, dass etwas nicht stimmt!«, sagte ich.

»Quatsch«, sagte sie, allerdings verrieten mir Miene und Körpersprache, dass ich den Punkt getroffen hatte.

»Du hast mir doch vor einiger Zeit erzählt, dass es zwischen dir und Martin irgendwie anders ist«, erinnerte ich sie.

»Psst, ich hab's jetzt gar nicht verstanden, wenn Sie so laut mit der Nudelpackung rascheln«, fuhr die alte Dame ihre Kassiererin an und klappte mit der Hand ihre Ohrmuschel im rechten Winkel vom Kopf ab.

Die Supermarktangestellte reagierte mit einem Schulterzucken: »Mir doch egal, ich bin hier, um zu arbeiten.«

Sina zögerte. »Das kann schon sein ...« Schnippisch fuhr sie fort: »Und deshalb verkuppelst du ihn gleich mit eurer

Praktikantin und verheimlichst mir, dass die beiden beim Basketball waren? Aber am unfairsten finde ich, dass du es hättest verhindern können! Du hast es doch gewusst!«

»Am Telefon hab ich dir doch davon erzählt!«, antwortete ich verzweifelt. »Meinst du mit verhindern, dass ich den beiden die Karten wieder hätte wegnehmen sollen? Glaubst du im Ernst, dann wäre alles anders gekommen?«

»Eine Tüte?« Die Kassiererin hielt sie mir schon entgegen.

Ich schüttelte den Kopf.

»Kann ich noch Ihre Postleitzahl haben?« Sie steckte die Tüte zurück und hatte beide Hände schon wieder an der Tastatur.

Einatmen, ausatmen, ein... Ich schaute sie nur giftig an.

»Okay, ich nehm irgendeine und von Ihnen bekomme ich jetzt vierzehndreißig!«

Ihr letztes Wort an mich. Sie zeigte von da an nur noch wortlos auf die Leuchtanzeige.

»Du hast nichts gewusst? Glaub ich nicht!«

»Ehrlich: null Komma null Ahnung!«

»Martin muss doch mehrmals in der Galerie aufgetaucht sein – ohne mich!«

»Sina, was weiß ich, wo sich die getroffen haben – in der Galerie jedenfalls nur dieses eine Mal. Zumindest, als ich da war.«

»Und Billa hat dir nichts erzählt?«

»Ja, genau – mir, deiner besten Freundin, wird sie das auf die Nase binden!«

»Der Vollidiot ...«, sagte Sina und senkte den Kopf.

Etwas abseits wartete ich auf Sina. Ich hoffte sehr, dass ihre Eile vorgeschoben war.

Sie war nun ebenfalls durch die Kasse gegangen und steuerte in Richtung Ausgang. Was, wenn sie uns tatsächlich keine Gelegenheit gab, das klärende Gespräch zu Ende zu führen? Das konnte nicht sein, das durfte nicht sein!

Als sie nur noch ein paar Meter von mir entfernt war, schaute sie mich an, ließ ihren Wagen stehen, ging auf mich zu und umarmte mich wortlos. Unbeteiligte Kunden, die unser Gespräch mitbekommen hatten, beobachteten uns dabei verstohlen. Die Jeansjacke und der Handwerker kauften noch etwas bei der Bäckerei und warfen immer wieder einen Blick zu uns herüber. Das Ehepaar schlich um den Zeitschriftenstand und ließ uns ebenfalls nicht aus den Augen. Die Mädchen kicherten und flüsterten, als sie zum Ausgang liefen. Nur die alte Dame sah uns offen an, schob nickend ihren Rollator an uns vorbei und murmelte: »Weiber!«

Als ich Harry am Abend mit der Supermarktgeschichte überfiel, noch bevor er seine Jacke abgelegt hatte, war er erleichtert. Ich hatte ihn ziemlich gequält mit meiner Besorgnis um Sina und meiner allgemeinen Unausgeglichenheit. Er war der Einzige in der Familie, dem ich bisher vom Aus zwischen Sina und Martin erzählt hatte. Er hatte all das aber nicht so dramatisch gesehen.

»Ich habe auch keine Lösung! Aber aller guten Dinge sind doch drei! Es war doch schon mal Schluss mit den beiden und sie haben nach Amerika wieder einen neuen Anfang gefunden. Wenn zwei Menschen zusammenpassen, dann sind es diese beiden. Warte ab, das wird schon wieder«, war seine ganze Reaktion gewesen, nach dem Motto: »Das wächst sich aus.«

»Ich glaube, du täuschst dich! Martin ist fremdgegangen! Das ist noch mal was ganz anderes als eine Arbeit in Amerika!«, widersprach ich ihm.

»Kleines Abenteuer, vergiss es. Martin weiß schon, was er an Sina hat.«

»Mir scheint, er weiß es nicht. Und selbst wenn, dann kann ich mir nicht vorstellen, dass Sina ihm das verzeiht. So etwas verletzt sehr, das kann man nicht so einfach wegstecken.«

»Echt, das verstehe ich gar nicht. Wegen dem bisschen Fremdsex muss man doch nicht so nachtragend sein. Außerdem, wenn eine Tür zugeht, geht für Sina doch ein ganzer Flur voll Türen auf!«

»Entschuldige, du bist echt doof«, sagte ich, »jedenfalls gut zu wissen, wie du das mit der Treue siehst! Und freut mich, dass du die Sache so locker nimmst! Chris wird allerdings sehr enttäuscht sein, dass es aus ist. Er hängt sehr an den beiden, und Unternehmungen zu dritt haben sich damit erledigt!«

»Apropos Unternehmungen ...« Harry war wohl der festen Überzeugung, dass das mit den beiden schon wieder würde, und hakte damit das Thema ab. »Unternehmen Familie. Kommen alle zu unserem zwanzigsten Hochzeitstag?«

»Ja, alle«, bestätigte ich.

Ich freute mich sehr, meine ganze Familie beisammen zu haben. Benni konnte sich dafür freinehmen. Alex kam ganz nach seinem Vater, er musste immer daran erinnert werden, wenn jemand in der Familie ein Fest feierte, und Onkel Hans war von Harry persönlich eingeladen worden. Selbstverständlich war auch Sina eingeplant, aber sie war nicht zu überreden gewesen. Es schmerze sie einfach zu sehr, mit einem intakten Familienleben konfrontiert zu werden, jetzt, wo sie selbst so weit davon entfernt wäre, hatte sie mir heute noch nach der Supermarktgeschichte erklärt. Sie hatte von einem Leben mit Martin geträumt, von einem Haus auf dem Land mit Tieren und vor allem wünschte sie sich Kinder! Nach der Enttäuschung mit Martin schien alles unendlich weit in die Ferne gerückt zu sein.

Am Hochzeitstag hatten wir sechs lecker zu Mittag gegessen, einen kleinen Spaziergang gemacht – vom Restaurant zum Parkplatz – und saßen nun zu Hause am Kaffeetisch. Ich hatte am Vortag zwei Kuchen gebacken und schaute nun glücklich und stolz auf meine Männerrunde. Benni erzählte von der nervigen Fahrt im Fernbus hierher und vom Stau, in den er geraten war, Alex klagte über einen Professor, der nie Zeit hatte, und Chris jammerte über seine vielen Hausaufgaben und all die anstehenden Klassenarbeiten.

»Und was gibt es Schönes in eurem Leben?« Ich hatte genug von all dem Negativen.

Alle schwiegen, zuckten mit den Schultern und mussten schließlich lachen.

»I han ebbes Erfreuliches«, warf Onkel Hans ein. »A großes Floisch- und Wurschtpaket. I schlacht a Schwein.«

Schwein? Da fiel mir Martin ein.

Und unvermittelt platzte es aus mir heraus: »Zwischen Sina und Martin ist Schluss, Ende!«, sagte ich und stach ungestüm mit meiner Gabel in den Obstkuchen. »Er hat sie betrogen.«

Alle erstarrten.

»Ha, dann wird d' Sina jetzt nemme mit dem spiela welle. Bei mir hot'r des au emmer gmacht!«, sagte Chris und kniff die Lippen zusammen.

Ich stutzte. »Was hat er mit dir immer gemacht?«

»Beim Spiela bschissa. Er hot beim Monopoly viel höhere Mietpreise verlangt, als auf dr Kart gstanda hen. Und Sina und i hen des erscht gar net gmerkt. Sie hot dann gsagt, dass er uns betroga hot.«

»Chrissilein, er hat doch nicht beim Spielen gemogelt!«, schmunzelte Alex, »er hat eine andere Frau geb…«

»Sag jetzt nicht, was ich glaube, was du sagen willst!«, fiel ich ihm ins Wort.

»… gebeten, ihn zu küssen, und die andere Frau hat das dann gemacht«, nahm er die Kurve.

»Ach so.« Chris schien erleichtert. »Kannsch du net mal mit em sprecha, dass er koi andre Frau küssa soll, Onkel Hans? Du bisch doch sein Baba.«

»Waaas?« Onkel Hans fing an zu lachen. »Sein Baba? Wie kommsch du denn auf so ebbes?«

»D' Mama hat des au gsagt«, schmollte Chris. »I ka dir a alts Foto zoiga, auf dem du aussiehsch wie dr Martin. Oder dr Martin sieht aus wie du … halt damals«, verhaspelte er sich.

Ich rollte mit den Augen. Jetzt musste ich meinem Jüngsten beistehen und meine Phantasien preisgeben.

»Ja, wir haben tatsächlich mal die Vorstellung gehabt, du könntest der Vater von Martin sein.«

»Moment mal«, fiel Harry ein, »was heißt da *wir*, du hast dir das ganz allein zusammengereimt!«

»Schau, Onkel Hans, du warst jahrelang in Afrika, hast uns von deinen amourösen Abenteuern erzählt. Und es hat alles so schön mit Martins Geschichte zusammengepasst. Und ich muss Chris recht geben, auf dem Foto von damals siehst du aus wie der eineiige Zwilling von Martin.«

»Nathalie, bitte!« Onkel Hans schüttelte den Kopf. »Ich han di immer für a Frau mit Verstand ghalta, aber des ist ganz schee an de Hoor herbeizoga. Und dass so a treuloses Früchtchen mei Sohn sei soll, also noi!«

»Das wäre das Einzige, was noch dafür sprechen würde«, mischte sich Harry nun ein. »Du hast doch auch nichts anbrennen lassen, mein lieber Onkel!«

»Des ka scho sei, aber i war immer auf dr sichera Seit. D' Natur hot's so gseha guat mit mir gmoint. Durch an Zufall der Natur han i quasi immer freie Fahrt ghett, ohne Unfallgefahr.«

»Und ich dachte, auf jedem Kontinent rennt mindestens ein kleiner Hecht rum! Da hätte ich mir das lange Grübeln ja sparen können«, sagte ich ein bisschen enttäuscht.

Aber es war vielleicht besser so, die armen Kinder wären sonst alle ohne Vater groß geworden.

»Abrenna? Warsch du au Koch?«, wunderte sich Chris.

Die Frage blieb unbeantwortet, da Harry beim Stichwort »Koch« unseren Koch-Azubi ins Visier nahm.

»Na, Benni, was machen bei dir Job und Liebe?«

»Alles gut, Papa. Na ja, unser Küchenchef ist manchmal gestresst und deshalb mürrisch, trotzdem noch erträglich. Aber muss ich jetzt über meine Arbeit reden?«

»Entschuldige, lassen wir das«, winkte Harry ab. »Und das andere?«

»Du bist unmöglich!«, warf ich ein.

»Ist schon gut, Mama. Wenn du es genau wissen willst, mit Theresa läuft alles bestens, wir lassen uns zu den gleichen Schichten einteilen, so haben wir immer gemeinsam frei. Ach ja, und wir wohnen jetzt zusammen in einem kleinen Appartement im Personaltrakt.«

»Aha«, sagte Harry nachdenklich. »Meinst du nicht, du bindest dich zu früh?«

»Papa, eine Verlobung ist zwar eine Bindung, aber entlobt ist man doch ratzfatz wieder.«

»Du bist *siebzehn* und hast dich mit einer *Sechzehnjährigen* verlobt?« Harry starrte seinen Sohn an.

»Ja, und wenn sie achtzehn ist, werden wir heiraten«, fuhr Benni verschmitzt fort.

»Au ja, und ich bin dann dein Trauzeuge, ich war gerade erst auf einer Hochzeit und weiß, was da zu tun ist«, bot Alex seinem Bruder an.

»Und Veronique macht dann die Brautjungfer, ha, ha«, fügte Harry lachend hinzu.

Alex ließ sich nicht provozieren, er war Meister der Ablenkung. »Nein, das macht unser Kleiner hier«, hänselte er und klopfte Chris auf die Schulter.

»Au ja, des mach i dann mit dr Anja.« Er war begeistert und warf schon mal seine Hände nach rechts und links in die Luft, als würde er Blütenblätter verstreuen.

»Welche Anja?«, fragte ich neugierig.

»Die kennsch du noch net, die isch neu in onsrer Klass und die schenkt mir jeden Dag en Müsliriegel. Die isch nett, die heirat i später au. Und i bin dann au koin Betrüger, i bscheiß die Anja net mit dr Miete.«

Alex meinte: »Vielleicht hat Martin zu viel Viagra eingenommen, da war ihm eine Frau zu wenig?«

Es klang gar nicht wie ein Scherz.

Jetzt fiel die ganze Familie über Alex her. Außer Chris bohrte jeder ein Stück tiefer, bis ans Licht kam, dass Alex einmal Sinas schicke Wohnung als die seine ausgegeben hatte, um Veronique zu beeindrucken und mit ihr dort zu übernachten. Dabei hatte er im Badezimmerschrank neben Martins Rasierzeug die Packung mit den Tabletten gefunden.

»Ja, niemols isch dr Martin mei Sohn, niemols«, winkte Onkel Hans nun ab. »Des isch dr Beweis, gell, Harry.« Er schlug lachend mit der Hand auf den Tisch. »An echter Hecht braucht koine blaue Pilla.«

»Du sagst es, Onkel Hans, und ein echter Hecht macht anderen schon mal gar nichts vor und täuscht sie mit dem, was er hat, was er ist oder wie er wohnt!« Diesen Satz richtete er mit strengem Blick an seinen Sohn Alex.

Benni, der schon zweimal Anlauf genommen hatte, etwas zu sagen, aber Harry nicht unterbrechen wollte, schaute nun keck seinen Großonkel an. »Woher weißt du denn, dass die Tabletten blau sind?«

»Dia gibts in dr Senioreresidenz jeden Obend am Buffet.«

Jetzt lachte Onkel Hans lauthals. Sein ganzer Oberkörper bebte und sein Gesicht bestand nur noch aus zusammengekniffenen Augen und einem riesigen, lachenden Mund.

»Noch jemand Kuchen?«

Ich hatte Bedenken, dass Chris dieses »Spässle« in die Kaffeerunde der Seniorenresidenz trug, und wollte das Thema beenden.

»Ich«, meldete sich Harry sofort. »Ich bin Frustesser und nach all diesen Neuigkeiten brauche ich was Süßes.« Er begann mit der Kuchenschaufel am Obstkuchen zu hantieren. »Onkel Hans, aber jetzt bist du am Zug. Heute ist der Tag der großen Enthüllungen. Wie steht es bei dir? Mit den Frauen, meine ich …« Er zwinkerte Onkel Hans zu. »Wen heiratest du?«

»Sinas Oma, d' Hilde.«

Harrys Kuchenstück platschte auf das Tischtuch. Er hatte sofort verstanden, dass Onkel Hans nicht scherzte – und wir auch.

»Wenn i meine Viecher mol abgeb, wen han i dann no?«

»Was hat denn Oma Hilde dazu gesagt, dass sie Ersatz für die Jacob Sisters sein wird?«

»Entschuldige bitte, des war überhaupt net so gmoint. Hilde isch a tolle Frau, mit der i gern zsamma bin, und außerdem …«, jetzt wurde er ganz kleinlaut, »… so richtig gfrogt han i se no gar net.«

»Wird schon schiefgehen, alter Junge.« Harry boxte Onkel Hans sanft auf den Oberarm.

Was war das nur für ein Tag? Der Mittag schnappte sich eine Familie, kaute sie ordentlich durch und am Abend spuckte er Neuverliebte, Neuverlobte und einen Schwung Heiratswilliger aus!

Als am nächsten Morgen das Telefon klingelte, hatte ich gerade einen Eimer Wasser und meine Tücher zum Fensterputzen hergerichtet.

»Folldow, guten Morgen, Frau Hecht.«

Ich konnte an der Art der Begrüßung ihre Stimmungslage erkennen. Diese Begrüßung war mir neu. So viel Höflichkeit deutete auf Verzweiflung hin. »Guten Morgen, Frau Hecht« kam nur bei totaler Balance, bei »Morgen, Frau Hecht« wackelte sie ein wenig, bei einem nur gemurmelten »Morgen« war sie bereits am Kippen und wenn sie mir nur ein »Folldow« hinwarf, war die Laune komplett im Keller. Was sie wohl heute wieder nicht finden konnte, so dass sie mich anrufen musste?

»Guten …« Weiter kam ich nicht.

»Sie müssen kommen, Frau Hecht!«

Schon wieder der richtige Name! Ganz große Verzweiflung!

Und da rückte sie auch schon mit der Sprache raus: »Billa hat mir heute abgesagt und ich habe die Anfrage eines Künstlers wegen des Honorars oder war es die Provision? Ach, auf jeden Fall hat er was von Nachlass geschwafelt.«

»Ich komme eigentlich erst nächste Woche wieder. Billa kann das doch morgen erledigen!«

»Morgen kommt sie auch nicht, genau gesagt kommt sie gar nicht mehr!«

»Gar nicht mehr?«

»Persönliche Gründe hat sie angegeben. Was kann für die schon Persönliches so wichtig sein, dass sie mich hängen lässt? Ich wusste es gleich, eine Studentin taugt nichts. Morgens bis in die Puppen schlafen, ein wenig in den Vorlesungen rumlümmeln und in den Semesterferien liegt man auf der faulen Haut beziehungsweise seinen Eltern auf der Tasche!«

Ich legte einen beruhigenden Ton auf. »Wissen Sie was, Frau Folldow, ich komme heute Nachmittag. Ich habe einen Zahnarzttermin um fünfzehn Uhr und danach komme ich kurz vorbei.«

Als ich um vier in die Galerie kam, hatte die Folldow vier Ordner auf dem Tisch liegen und wühlte abwechselnd in jedem hilflos herum. Ich griff mir den mit den Galerieverträgen und suchte ihr das Blankoformular heraus.

»Punkt vier Kommissionsverkäufe, Punkt fünf Ankäufe aus dem Atelier und Punkt sechs Honorar aus öffentlichen und privaten Aufträgen. Sehen Sie, hier steht alles, was Sie wissen wollten.«

Frau Folldow nahm die beiden DIN-A4-Seiten wortlos entgegen.

»Sagen Sie mal, Frau Hecht, waren Sie schon mal in Venedig?«, kam dann völlig unvermittelt.

»Sie brauchen mir deswegen doch keine Reise zu schenken!«, sagte ich im Spaß.

»Nein, *ich* muss dorthin reisen«, sagte sie und schaute mich dabei weinerlich an. »Ich habe eine Buchungsbestätigung eines Hotels in der Brieftasche meines Mannes aufgestöbert. Ein verlängertes Wochenende in Venedig, und das überdies noch an meinem Geburtstag. Höchststrafe!«

»Aber Venedig ist etwas ganz Besonderes, freuen Sie sich doch!«

»Ganz besonders stinkig.«

»Nein, gar nicht. Venedig ist wunderbar!«, sagte ich begeistert.

»Dabei habe ich immer gesagt: »Gottlieb ...«

»Ihr Mann heißt Gottlieb?«

»Ja, ich habe gesagt, Gottlieb, lass uns Urlaub an der französischen Riviera machen!«

»Gottlieb Folldow?«, hakte ich nach.

»Nein, mein Mann heißt Guter, ich habe meinen Namen nach der Hochzeit behalten.«

Den hätte sie besser sofort abgelegt: Frau voll doof!

»Ihr Mann ist Arzt? Doktor Guter, der Internist?«

Ich fand mich ganz raffiniert und freute mich fast schon auf ihre Antwort.

»Schön wär's.«

Dann arbeitet er bei der Firma »Rusdebu«, die Harry Rohre und Zubehörmaterial verkauft, das für den Bau von Wasserleitungen benötigt wird. Der Sitz ist im südlichen Baden-Württemberg, dein Gottlieb ist dort Geschäftsführer, trinkt Bier und ab 1,0 Promille nennt er dich Schrulle und Beißzange!

»Gottlieb hat mit Gussteilen, Hydranten und irgendwelchen Muffen zu tun … ist ja egal, auf jeden Fall fahre ich an meinem Geburtstag nicht in diese Kloake, das kann er sich abschminken!«

»Frau Folldow, jetzt warten Sie doch erst mal ab. Vielleicht ist die Buchung, die Sie zufällig und aus Versehen gefunden haben, ja geschäftlich. Ich glaube, dieser schwere Gang bleibt Ihnen erspart, machen Sie doch einfach allein Urlaub an der Côte d'Azur, Saint Tropez soll ein …«

»Geschäftlich! An meinem Geburtstag, spinnt der?«, unterbrach sie mich aufgeregt.

Es folgte ein weiterer Redeschwall über ihr, wie sie es nannte, freudloses Leben. Wie konnte man nur so unzufrieden sein? Sie hatte alles, was sich eine Frau nur wünschen konnte. Gut, sie hatte keine Kinder, vielleicht besser so. Aber um ihr Leben beneideten sie sicherlich eine Menge Menschen, ich allerdings nicht. Ihr hochnäsiges Gehabe war mir letztlich egal, aber ihre ewige Verdrießlichkeit, die fehlende Lebensfreude und Dankbarkeit, und dass sie das Gute und Schöne nicht erkennen konnte, nicht einmal wenn es ihr vor der Nase lag, das machte mich fertig. Hier konnte ich auf Dauer wirklich nicht bleiben. Nicht dass ich das nicht schon länger gespürt hatte, aber vor Harry wollte ich mir einfach nicht die Blöße geben. Auch für mich selber war es wichtig gewesen durchzuhalten. Man schmeißt doch nicht gleich alles hin.

»Oder ich fahre nach Paris«, unterbrach die Folldow meine Gedanken. »Ich würde gerne mal ein Modeatelier besuchen, eines dieser großen, weltbekannten. Ich habe da nämlich so eine Idee …« Sie lächelte mich geheimnisvoll an, was sehr beängstigend aussah. »Frau Hecht, Sie können doch zeichnen und sicherlich nähen.« Ihre Miene hellte sich auf.

»Frau Folldow, ich kann ein wenig zeichnen, ich kann brauchbar nähen, vielleicht mit mehr gutem Willen passabel kochen und backen. Ich bin nicht ganz unsportlich und Geographie war mein Lieblingsfach. Trotzdem werde ich mit Ihnen keine Schneiderei, keine Gaststätte, keine Gymnastikgruppe und kein Reisebüro betreiben.«

»Frau Hecht, wie klingt denn das«, winkte sie ab. »Wir sprechen hier von Design, Gourmet, Wellness und Traveling.«

»Es tut mir sehr leid, Frau Folldow, wirklich sehr leid. Ich baue keine Luftschlösser, ich bin eher bodenständig, verstehen sie?«

»Boden ... Boden ...«, wiederholte sie, ihre Stirn runzelte sich und ihre geschlossenen Lippen bewegten sich von rechts nach links. »Daran hatte ich bereits schon mal gedacht.«

»Woran?«

»An Blumen und Pflanzen. Speziell Orchideen oder Lilien, die Blume der Könige. Da gibt es herrliche Züchtungen.«

Oh, nein ... fahr du doch nach Island und dann nach Rom, mit wem auch immer! Und von mir aus eröffne noch eine Herrenboutique in Wuppertal, und da du keine Tochter hast, gerne auch mit dem Papst. Auf jeden Fall nicht mit mir ...

»Es tut mir leid, Frau Folldow, ich kündige zum nächstmöglichen Termin.«

Ich war selbst erschrocken über meine Worte, aber es war zu spät.

»Frau Hering ...«

»Hecht!«

»Natürlich, ich wollte sagen, wenn ich auch oft etwas barsch zu Ihnen war, Sie können mich doch jetzt nicht alleine lassen, so kurz vor der Vernissage.«

»Doch, Frau Folldow, doch.«

Ich machte einfach so meiner Karriere den Garaus, vorbei war's mit dem Drehen am Rad der Kunst und dem Wunsch nach viel Geld. Immerhin freute ich mich über den Besitz einiger selbstverdienter Euros, die ich gut hütete. Denn wie sagte Chris, abgewandelt aus Oma Hildes Sprichwortschatz: »Spare in der Not, denn da hast du Zeit.«

Harry wollte gar keine Begründung für meine Kündigung hören. Ich hatte ihm gegenüber nur wenig über die Folldow erzählt, das Schlechte dabei ganz ausgelassen. Aber er konnte die Situation wohl ganz gut einschätzen.

»Bleib doch daheim, bei uns hast du es doch am besten, gell!«, war alles, was er sagte, und sah ganz zufrieden dabei aus.

Im Lauf dieser Woche schlich Harry schon zum zweiten Mal nach dem Abendessen in den Keller und war bis zur Tagesschau verschwunden. Es wäre an der Zeit, sich um den »großen Keller« zu kümmern, gab er als Grund an.

Er tat sehr geheimnisvoll. »Du darfst erst hinein, wenn alles fertig ist.«

Fertig? Ich konnte mir keinen Reim darauf machen, was »fertig« bedeutete. Wollte er den Keller nur aufräumen und im besten Falle die Sachen gleich noch entsorgen? Vielleicht noch frische Farbe an die Wände, ein neuer Bodenbelag? Ich gab mir die allergrößte Mühe, etwas aus ihm herauszulocken, es gelang mir leider nicht.

»Überraschung!«, war sein ganzer Kommentar.

Harry hatte an handwerklichen Arbeiten im Haus eigentlich kein Interesse. Und was sollte aus einem Raum werden, der in früheren Jahren ein Partykeller war, mit Rauputz an den Wänden, einer hölzernen Theke und Regalen voller alkoholischer Getränke. Irgendwann bewirteten wir unsere Gäste im Esszimmer und der Kellerraum wirkte wie eine pleitegegangene Kneipe.

Einige Jahre später wurde er der Spielkeller unserer Söhne. Wir hatten den Linoleumboden gegen einen Teppichboden ausgetauscht und die Flaschen wichen Unmengen von Gesellschaftsspielen. Als die Jungs in ein Alter kamen, in dem der Raum zur ursprünglichen Bestimmung zurückzukehren drohte, stellte Harry eine Werkbank mitten hinein. Der Anfang vom Ende der Ordnung.

Es konnte also nur besser werden, wenn Harry damit etwas plante. Deshalb freute ich mich über seine Aktivitäten, die er anscheinend mit großer Begeisterung ausführte. Er wirkte immer sehr zufrieden, wenn er wieder oben auftauchte.

»Raten darf ich doch, und du sagst ›heiß‹ oder ›kalt‹!«, bettelte ich.

»Also gut, drei Fragen hast du frei«, gab sich Harry geschlagen.

Ich hatte eine Vermutung, wollte dennoch nicht damit herausplatzen, um ihm dem Spaß an seinem Geheimnis nicht zu verderben.

»Erste Frage: Ist es eckig und aus Holz?«

»Kann man so sagen«, nickte Harry.

»Und die ganze Familie hat was davon, stimmt's?«

»Bingo!«

»Und es ist auch das entsprechende Zubehör dabei?«

»Klar!«

»Und wir …«, begann ich meine nächste Frage.

»Stopp, drei Fragen gestellt und alle wahrheitsgemäß beantwortet. Bist du nun zufrieden?«, schmunzelte Harry.

Eine Sauna, ja, eine Sauna!, jubelte ich in mich hinein. Er ist ja doch ein Schatz!

Am Samstagmorgen, ich kam gerade aus der Dusche und Harry werkelte bereits wieder im Keller, hörte ich ein Auto auf unseren Garagenvorplatz fahren. Bevor es verstummte, trat jemand im Leerlauf nochmals kräftig aufs Gaspedal. Unverkennbar der Klang eines Porsches. Ach du liebe Zeit, das musste Veronique sein! So früh!

Alex hatte uns gebeten, einige Bücher bereitzulegen, die sie am Wochenende bei uns für ihn abholen würde. Die ganze Woche bereitete ich mich und unser Haus auf diesen Moment vor, beide waren wir sorgfältigst gepflegt. Jetzt stand ich hier mit nassen Haaren und ohne Klamotten! Dann würde eben Harry öffnen, aber ich wollte sie zumindest einmal sehen. Ich rannte ins Schlafzimmer, schnappte mir den Vorhang, bedeckte mich damit bis Brusthöhe und spitzelte aus der angelehnten Balkontür.

Ich sah sie aussteigen, nein, aussteigen klang dafür zu banal. Sie zelebrierte das Verlassen des Autos wie in einem Werbespot. Sie war mindestens einsfünfundsiebzig, hatte brünettes, schulterlanges Haar, trug ein schickes dunkelblaues Kostüm und hohe dunkle Pumps. Sie schaute sich kurz um, wahrscheinlich um abzuchecken, was Haus und Umfeld zu bieten hatten, und schritt dann zur Haustüre. Plötzlich blieb sie stehen, ging drei Schritte zurück, blickte verdutzt in unseren Garten und ging dann zaghaft in Richtung Kellerabgang. Von dort hörte ich eine Stimme. Es war Harrys Stimme. Wieso lotste er sie denn zum Kellerabgang? Ich musste dringend auf den Balkon, um sie zur Haustüre umzulenken. Sie durch unser Chaos im Keller nach oben zu führen, wäre die reinste Katastrophe!

Ich öffnete die Balkontür, trat einen Schritt hinaus und zog den Vorhang mit. Er ließ sich aber leider nicht so weit herausziehen, dass ich bedeckt geblieben wäre. Ich schaute mich hektisch nach etwas um, was ich mir überwerfen konnte. Auf dem Bett lag Harrys Schlafanzugjacke, die musste reichen, um kurz geduckt auf den Balkon zu gehen und ihr zuzurufen, sie solle doch den Eingang nehmen. Gerade als ich über die Brüstung schaute, sah ich Harry.

»Ja, kommen Sie nur hierher, junge Frau, hier sind Sie richtig.«

Er stand auf der obersten Stufe zum Kellerabgang und winkte ihr mit einer Hand zu. In der anderen hielt er eine geöffnete Bierflasche. Er war unrasiert und ungekämmt, wahrscheinlich sogar ungewaschen, denn die elegante junge Frau hielt naserümpfend Abstand.

»Ich heiße Veronique Sandleimer und möchte zu Familie Hecht, wohnt die hier?«, fragte sie ungläubig.

»Ja, logisch, hier runter«, hörte ich ihn flapsig antworten. »Ich weiß schon, wer Sie sind. Sie sind die … na, die neue Flamme meines Sohnes, wenn ich das mal so sagen darf.« Er lachte, stellte die Flasche ab und fuhr mit den Händen an den Schenkeln auf und ab.

Ich konnte kaum fassen, was ich da hörte, und noch weniger, was ich sah. Breitbeinig stand er da, die Gartenclogs an den Füßen, und ließ seine Hände in den Hosentaschen seiner Jogginghose verschwinden.

Veronique wirkte verunsichert. »Sie sind doch nicht der Vater von Alex, oder?«

»Und ob! Selbst gezeugt, den Prachtkerl!« Dabei klopfte sich Harry stolz auf die Brust.

»Und Sie wohnen hier in diesem Haus? Das ist doch die Baumstraße drei?«

»Jawohl. Jetzt kommen Sie doch erst mal mit nach unten.« Harry lud sie mit einer Handbewegung ein. »Bierchen gefällig?«

Es war morgens um acht!

Veronique schien fassungslos. »Nein, vielen Dank, ich wollte eigentlich nur die Bücher Ihres Sohnes abholen. Ihr Sohn sagte mir, er hätte sie vermutlich im Wohnzimmer liegen lassen.«

Sie tänzelte auf den Zehenspitzen immer an derselben Stelle des Rasens. Musste die aufs Klo?

»Das ist kein Problem. Wir haben kaum Bücher, dann werden sie ja zu finden sein. Ich geh mal nachsehen. Kommen Sie doch mit, Frau *Sandeleimer.*«

Harry drehte sich um und stieg die Kellertreppe hinab. Veronique blieb wie angewurzelt stehen. Die Absätze ihrer Schuhe versanken beinahe komplett in der feuchten Erde. Highheels mutierten zu Ballerinas. Mein Eingreifen war überfällig.

Konnte ich ungeschminkt, mit nassen Haaren, bekleidet mit nur einer Herrenschlafanzugjacke, die Situation wirklich retten? Bevor ich mich zu einer Entscheidung durchringen konnte und Harry mit einer Plastiktüte wieder aus dem Keller kam, heulte der Motor des Porsches auf und Fräulein Sandleimer verließ mit quietschenden Reifen unser Grundstück.

Ich stellte Harry unten im Keller zur Rede. Er stand entspannt an den alten Sessel gelehnt, den Onkel Hans ausgemustert hatte. Der Bezugsstoff hatte dem Druck einer Spiralfeder nicht standhalten können und diese war samt der Rosshaarfüllung ans Licht gekommen.

»Neu gepolstert und bezogen wird das ein Schmuckstück«, hatte mir Harry vor Jahren versichert, als er ihn anschleppte.

Verwundert schaute ich mich um. Auf der Theke standen ein paar Süßigkeiten und Getränke aus dem Vorratskeller, eine kleine Schale und ein paar Gläser.

»Was sollte denn *der* Auftritt eben?«

»Auftritt ist gut. Glaubst du, dass die Sandleimer beeindruckt war? So beeindruckt, dass wir – und vor allem Alex – nie mehr etwas von ihr hören und sehen?« Dabei rieb er sich die Hände.

»Das kann gut sein!«

»Prima! Und, was sagst du zu unserem neuen Freizeitspaß?« Harry versuchte abzulenken! »Vor allem zu unserem neuen Highlight, gebraucht von einem Mitarbeiter abgekauft!« Er zeigte auf einen Tischkicker.

Ich schaute mich um und erkannte einige Gegenstände wieder, wie die alte Kuckucksuhr an der Wand, im Eck die Stehlampe mit dem blumenverzierten Stoffschirm und den kleinen Nierentisch aus Harrys Elternhaus.

»Alles Dinge, die Onkel Hans mir für den Flohmarkt oder den Wertstoffhof überlassen hat«, sagte Harry mit wohlwollendem Blick auf unseren neuen Spieleraum. »Schade, dass die Sandleimer gleich die Kurve gekratzt hat, ich hätte ihr so gerne dieses Zimmer gezeigt!«

»Und die Sauna?«, stammelte ich.

»Welche Sauna?«

»Du hast hier stundenlang gewerkelt nur wegen dieses blöden Fußballzeugs?«

Ich hatte mich auf eine Sauna gefreut und Alex sich über eine feste Beziehung!

Harry hatte alles sehr geschickt eingefädelt, um dieser Veronique etwas vorzugaukeln. Und das wiederum nur, um seinen Sohn vor einem vermeintlichen Fehler zu bewahren.

Ich wurde wütend. Er hatte nur für diesen albernen Tischkicker den Kellerraum umgestaltet, aber für die wirklich wichtigen Dinge rührte er nie einen Finger!

»Hattest du nichts Besseres zu tun? Zum Beispiel den tropfenden Wasserhahn zu reparieren, die Kellerschächte vom Laub zu befreien oder die schon Dutzende Male zusammengeknotete Wäscheleine zu ersetzen! Das hast du mir alles schon seit Monaten versprochen! Aber nein, mein Mann muss ja Inneneinrichter spielen!«

»Ähhh …«

»Und was wäre gewesen, wenn Veronique erst zur Haustür gegangen wäre und dort unser Namensschild gelesen hätte?«

»Ein echter Hecht überlässt nichts dem Zufall. Kennst du Maiers?« Er grinste.

Ich war immer noch sauer. »Noch nicht.«

»Na, die wohnen seit gestern Abend in der Baumstraße drei. So steht es jedenfalls auf dem Klingelschild.«

»Du hast doch nicht etwa unser Namensschild ausgetauscht?« Ich wurde laut.

»Ausgetauscht nicht, nur unauffällig überklebt!«

»Unglaublich. Wie willst du die ganze Geschichte deinem Sohn erklären? Und setzt damit unser Verhältnis zu ihm aufs Spiel!«

»Was erklären? Dass diese Tussi mir einen Korb gegeben hat und meine Gastfreundschaft nicht annehmen wollte. Dass sie nicht in der Lage war, ein paar Bücher abzuholen, oder dass sie unhöflich war und sich nicht mal verabschiedet hat?«

»Du weißt genau, was ich meine!«

»Ich habe es ihm schon einmal gesagt: Mach anderen nichts vor mit dem, was du bist, oder mit dem, was du hast, so einfach ist das.«

»Ist ja ulkig, da schmeißt jemand mit Steinen, der selbst im Glashaus sitzt!«

»Im Glashaus?«

»Ach entschuldige, in einer Fußballarena natürlich! Du wirst sicherlich heute hierbleiben wollen. Ich lass dir für die erste Nacht dann schon mal dein Schlafanzugoberteil hier. Mir macht es nichts aus, allein bei Maiers zu wohnen!«

Ich warf die Schlafanzugjacke aufs Bett, drehte mich um und ging nackt aus der Tür.

Kapitel 12 | *Sina*

»Wie lange ist euer Markt denn geöffnet? Schaffen wir noch einen Kaffee vorher?«, fragte Friedrich und schaute auf die Marktbuden, die sich am Rande des Münsterplatzes drängelten.

Buntes Treiben herrschte vor den Ständen. Männer mit Einkaufskörben am Arm, Frauen, die kritisch die Ware musterten. Verkäufer priesen um die Wette ihre Produkte an. Begrüßungsszenen, wenn sich Bekannte trafen. Kinder, die quengelten, und Mütter, die sie an der Hand hinter sich herzogen. Es duftete nach Bratwurst, Fischsemmeln und Blumen. Nur das Münster strahlte Ruhe aus.

»Das wird knapp, lass uns alles einkaufen und uns dann erst gemütlich irgendwo hinsetzen«, schlug ich vor.

Ich hatte Friedrich für den heutigen Samstag zum Essen eingeladen, als Entschuldigung für die Aufdringlichkeit bei meinem Absturz. Nach dem Gespräch bei Rohde & Schwarz am nächsten Tag hatte ich noch nicht den Mut, ihm zu begegnen. Die Tatsache, dass ich mich erst zu- und dann bei ihm ausgeschüttet hatte, war mir peinlich gewesen.

Er hatte sich abends sofort bei mir gemeldet und sich erkundigt, wie es mir ginge. Und von da ab täglich.

Es war Friedrichs Vorschlag gewesen, schon mittags zum Abendessen zu kommen.

»Da kaufen wir schön ein und kochen dann gemeinsam.«

Ich hatte mich darüber gefreut. »Super, da brauch ich den schweren Korb nicht selber tragen«, hatte ich ihn geneckt.

»Ich hab einen Zettel geschrieben. Für den »Gaisburger Marsch« brauchen wir Ochsenfleisch, Kartoffeln, Zwiebeln, Kräuter und Eier für die Spätzle. Das andere habe ich zuhause. Spätzle wirst du ja …«

»Ja, mag ich.« Er nickte.

»… wohl machen können?«

»Du bist ja ’ne Zwetschge!« Er gab mir einen leichten Nasenstüber. »Kartoffeln hat die rassige Dunkelhaarige dort.« Er zeigte auf den Marktstand vor dem Haushaltswarengeschäft.

Ein paranoider Gedanke blitzte auf. Verkaufte Billa jetzt Kartoffeln? Nein, nicht Billa, aber sehr, sehr hübsch, stellte ich fest.

»Nicht mein Geschmack«, winkte ich ab.

»Kennst du die Sorte?«

»Ja, nur zu gut.«

»Dann nehmen wir da nur die Zwiebeln und die Kartoffeln woanders.«

»Bei dem jungen, knackigen Bauernburschen dort zum Beispiel«, konterte ich.

»Ich sehe keinen«, sagte Friedrich und zog mich zum Stand der jungen Frau.

Warum ärgerte mich das jetzt? Wenn das der einzige Stand mit Kartoffeln und Zwiebeln gewesen wäre, hätte ich Dampfnudeln gemacht.

»Wunderschöne Zwiebeln.« Friedrich strahlte die Marktfrau an.

»Von wegen Zwiebeln«, murmelte ich vor mich hin.

Dieses Getue! Es hätte auch gereicht wenn er einfach drei Zwiebeln verlangt hätte! Zwiebel war Zwiebel. »Wunderschön!« So ein Quatsch!

»Wir nehmen drei«, fuhr ich dazwischen.

Aber Friedrich ließ sich nicht beirren. »Wie schmecken denn Ihre Kartoffeln?«, fragte er und nahm prüfend eine in die Hand.

»Herrlich, die sind von dr Alb ra.«

»Na bestens, dann nehmen wir zwei Kilo.«

»Gute Wahl, derf i se glei in dr Korb neilega?«

Nicht in meinen, dachte ich noch, da hatte ihn Friedrich ihr bereits entgegengestreckt.

Warum wurmte mich der Kartoffelkauf dermaßen? Wir wollten sie doch woanders kaufen! Musste er unbedingt zu dieser schwäbelnden Schönheit gehen und mit ihr flirten? Mein Gott, ich war ja eifersüchtig! Und das wegen Friedrich!

Wenn ich in das Gesicht der Verkäuferin schaute, sah ich Bewunderung. Bewunderung für den schönen Mann, der vor ihr stand. So hatte ich ihn noch nie betrachtet. Aber in diesem Moment sah ich es. Ich sah den Mann, den Freund, den Liebhaber, den Prinzen. Meinen Prinzen. Es traf mich wie eine Keule.

»War's das?« Friedrich wandte sich mir zu.

»Nein, ich glaub, jetzt geht's erst los«, antwortete ich verdattert.

»Sina, alles okay?« Er strich mir mit der Hand über den Kopf. »Du bist so blass.«

»Nein, alles gut.«

»Wir holen jetzt noch Fleisch und Eier und gehen dann ins Fischerviertel auf einen Kaffee«, sagte Friedrich. »Da kannst du dich dann hinsetzen.«

»Geht schon wieder, geht schon wieder«, murmelte ich und schob ihn in Richtung des Stands, an dem ein Biobauer seine Erzeugnisse anbot.

Ich lief wie ferngesteuert und musterte Friedrich dabei unauffällig von der Seite. Wer war dieser Mann neben mir? Eben war er noch mein Kumpel Lumbri gewesen, und jetzt? Ich konnte nicht mehr wegschauen.

»Sina, der Herr fragt dich schon zum dritten Mal, was du möchtest. Wo ist dein Zettel?«

»Bitte?«

»Wie viele Eier und wie viel Fleisch brauchen wir? Was ist denn los mit dir?«

»Eins und sechs.«

»Ein Ei?«

Ein Ei? Wie kam er denn darauf? Das reichte doch nie.

»Nein, wir brauchen sechs Eier und ein Kilo Ochsenfleisch!« Ich versuchte mich wieder auf den Einkauf zu konzentrieren.

Friedrich legte die gekauften Sachen in den Korb und sah mich besorgt an.

Sina, reiß dich zusammen, er muss doch nicht gleich sehen, dass du auseinanderfällst. Alle Teile an ihren Platz. Abmarsch! Kopf hoch, Hirn einschalten, Blutdruck runter, Adrenalinausstoß einschränken! Und du, Herz: Normalmodus!

Funktionierte alles halbwegs. Bis auf das Herz.

Friedrich griff nach meiner Hand.

Und schon geht es von vorne los. Alle spielen verrückt. Nur wegen dem bisschen Händchenhalten! Was bedeutet es schon, von einer Hand gehalten zu werden. Von einer Hand, die sich trotz ihrer Stärke zärtlich um die meine schließt … Die Geborgenheit ausstrahlt. Eine Hand, die ich nie wieder loslassen möchte. Nie wieder!

So verließen wir Hand in Hand den Markt und schlenderten durch das Fischerviertel, an allen Cafés vorbei bis zur Donau. Gegen keine Kaffeetasse würde ich diese Hand jetzt eintauschen wollen!

Wir schlenderten ein Stück die Donaupromenade entlang und sahen uns dabei unentwegt an.

»Bevor wir einen Laternenpfahl rammen, sollten wir uns setzen«, schlug Friedrich vor und führte mich zu einer der Bänke.

Ich konnte nicht aufhören, in seine Augen zu schauen. Auch nicht, als er mich sanft neben sich zog.

»Das blaueste Blau, das ich je gesehen habe«, schwärmte ich.

»Sinalein, du bist ja immer noch ganz wirr, das Wasser ist doch braun«, sagte er und strich mir zärtlich mit dem Handrücken über die Wange.

»Und du bist der liebste Quatschkopf, dem ich je begegnet bin«, flüsterte ich und lehnte mich ihm entgegen.

Dann trafen sich unsere Lippen.

»Unglaublich, was Kartoffeln für eine Wirkung haben«, sagte Friedrich nach dem langen, innigen Kuss.

»Und das noch, bevor man sie gegessen hat«, antwortete ich.

Kapitel 13 | *Nathalie*

Meine Karriere hatte Fahrt aufgenommen und nun war ich ausgebremst worden. Na ja, eigentlich konnte von Bremsen keine Rede sein, ich hatte in voller Fahrt den Rückwärtsgang eingelegt. Und da lagen sie nun, die zahnlosen Rädchen des Getriebes, die Selbstzweifel.

Jetzt hatte ich in den letzten Tagen schon vier Mal Spätzle gemacht, aber die meditative Wirkung des Spätzle-Yogas blieb aus. So viel ich auch hobelte, Entspannung stellte sich diesmal nicht ein.

Aufmunterung und Trost spendete Harry mir leider wenig, aber ich war schon erleichtert, dass er nicht weiter in der Wunde bohrte. Ich vermutete, im Grunde war er froh, dass das Thema Berufstätigkeit, zumindest momentan, erledigt war. Chris freute sich auch, dass ich nun wieder den ganzen Tag zuhause war. Warum, konnte er mir allerdings nicht erklären. »Einfach so«, war seine Antwort.

»Du könntest doch jetzt mehr malen«, schlug Harry mir vor. »Das eine Bild hat eh mehr Kohle gebracht als die Arbeit in der Galerie.«

Er hatte nicht schlecht gestaunt, als ich ihm von den eintausendfünfhundert Euro erzählte, die ich von Herrn Gerlemann noch erhalten sollte.

Wären mir das Malen und möglicherweise der Verkauf der Bilder Ersatz genug für die Anerkennung, die ich mir durch einen Job erhofft hatte? War Harrys Idee gut, mehr Zeit in dieses kreative Hobby zu investieren? Und mehr Geld? Sollte ich mir jetzt einen Satz der teuren Rotmarder-Pinsel gönnen? Hätte Harry mich nicht eher ermutigen sollen, weiter nach einer Arbeitsstelle zu suchen? Fragen über Fragen. Ich brauchte jemanden zum Reden und da gab es nur eine. Dazu musste ich die Billa-Martin-Geschichte aber vollständig aufklären, und diese Chance musste Sina mir geben. Jetzt! Ich griff zum Telefon.

»Sina, ich glaube, ich muss nochmal mit dir sprechen«, druckste ich herum. »Also, die Sache mit Martin habe ich noch nicht ganz verdaut, sie drückt mich schon die ganze Woche und ich möchte es dir nochmal in Ruhe erklären, wie das mit ihm und Billa und den Karten gelaufen ist. Ich habe das Gefühl, da steht noch was zwischen uns.« Nervös spielte ich mit dem Telefonkabel.

»Unbedingt! Wir müssen noch einmal über Martin sprechen und zwar schnellstmöglich.«

Ich war erleichtert, dass Sina mir nicht mehr böse war und auch sie mit mir nochmals über dieses schmerzliche Thema reden wollte.

»Und außerdem habe ich noch eine ganz tolle Neuigkeit zu erzählen!«, sagte Sina.

»Kann ich gleich kommen? Würde gut passen. Meine beiden Männer sind beim Fußball.«

»Okay, ich klapp den zweiten Liegestuhl auf.«

»Wirklich? Na, dann bis gleich.«

Kapitel 14 | *Sina*

»Sina, der Weißwein schmeckt, hm, ja, wie soll ich sagen?«

»Besonders?«, unterbrach ich Nathalie und hantierte weiter mit dem Sonnensegel, um den Schatten auf die Liegen zu lenken. Der Planet stach gnadenlos auf meine Dachterrasse. Bis der Schatten vom Münster uns für ein paar Stunden Erlösung schenken würde, würde es noch dauern.

»Ja, besonders trifft es ganz gut. Würzig. Irgendwie würzig.«

»Echt?«

Ich kostete. Den Weißwein hatte ich aus Versehen im Gefrierfach vergessen. Als Nathalie das letzte Mal überraschend zu Besuch gekommen war, hatte ich schnell zwei Flaschen ins Gefrierfach geworfen. Dann hatten wir Kaffee getrunken und die Flaschen völlig vergessen.

Heute Morgen waren sie mir wieder eingefallen. Beide Flaschen waren völlig vereist, inzwischen aber wieder aufgetaut. Zum Glück war keine geplatzt.

Vielleicht hatte der Frost den Wein geschmacklich verändert?

Ich kostete noch mal. »Geht gut runter.«

»Was ist denn das für einer?«, fragte Nathalie.

»Den hat Martin mal dagelassen. Muss vernichtet werden. Mmmh. Also, mir schmeckt er und eiskalt ist er auch.«

Nathalie schaute mich an wie ein hypnotisiertes Kaninchen. Das Stichwort war gefallen. Sie wollte loswerden, was ihr auf die Seele drückte, und ich wollte es ihr leicht machen.

»Darf ich erst etwas zum Thema Martin sagen?«

»Na gut, dann erst du.«

»Das Thema ist kein Thema mehr.«

»Aha.« Mit offenem Mund saß Nathalie vor mir.

»Ich mach es kurz. Ich habe mit ihm geredet und wir werden Freunde bleiben.«

»Aber das hat jetzt nichts mehr mit mir zu tun?«

»Nicht im geringsten.«

»Da wirst du doch lange dran knabbern müssen, nach so vielen Jahren Beziehung!«

»Ganz ehrlich, Nathalie, wem Treue schwerfällt … das ist einfach das Letzte.« Ich zögerte einen Moment und fuhr fort: »Wenn Wehmut aufkommt, ruf ich das Bild von Martin und Bullen-Bille ab, als ich sie das erste Mal zusammen gesehen habe. Das macht es erträglich.« Ich seufzte. »Man fragt sich, warum man nicht realisieren will, dass es nicht das Wahre war, und krampfhaft daran festhält.«

»Vor Amerika hat doch alles noch so gut gepasst!«

»Wie Oma Hilde schon gesagt hat: ›Die Liebe und Pilzgerichte sollte man nicht wieder aufwärmen‹.«

»Gut, dann zeig jetzt mal die Flasche.«

Seufzend griff ich in den Kühler und zog den Wein aus dem Eis. Mit zusammengekniffenen Augen streckte ich meinen Arm aus und versuchte das Etikett zu entziffern. Es war mir aber nicht möglich. Ich sollte mir so langsam mal eine Lesebrille besorgen. War ich dafür nicht noch zu jung? So fing es an.

»Gib her, du blindes Huhn«, sagte Nathalie kichernd und schnappte sich die Flasche.

Sie hatte ihre Brille schon auf der Nase.

»Na, wenigstens ein Württemberger. Ein weißer Glühwein!«

»Nee, nicht wahr!«

»Doch, doch, weißer Glühwein.« Nathalie prustete vor Lachen. »Stell dir vor, wir trinken Glühwein eisgekühlt!« Sie klopfte sich auf die Schenkel. »Das passt zu Martin: von heiß zu frostig!«

Nathalie war kaum noch zu halten. Seine Wirkung tat der Wein jedenfalls.

»Eisgekühlter weißer Glühwein«, sang sie zu der Melodie von »Eisgekühlter Bommerlunder«.

Von der guten Laune angesteckt fiel ich mit ein.

»Apropos Martin, was macht denn dein Friedrich?«, fragte sie, als wir uns wieder beruhigt hatten.

Grinsend schaute ich sie an. »Verkauft Medikamente, wieso?«

Ich stellte mich erst einmal dumm, mich interessierte zuerst, was Nathalie eigentlich von Friedrich hielt. Das würde ich am ehesten herausfinden, wenn ich mit der Tatsache, dass wir schon seit ein paar Tagen ein Paar waren, noch etwas hinter dem Berg hielt. Wenn ich ihr jetzt schon auf die Nase binden würde, dass ich total in Friedrich verknallt war, würde sie es mir natürlich nicht mehr sagen, wenn sie etwas an ihm auszusetzen hätte. Und außerdem hatte ich einen Heidenspaß dabei, sie aufs Glatteis zu führen.

»Los komm, lass raus!«, bohrte sie weiter. »Dann erzähl ich dir auch was.«

»Da ist nichts zu erzählen. Wir sind beste Freunde, wie schon seit zwanzig Jahren.«

»Sina! Mir machst du nichts vor. Ich spüre doch Schwingungen. Da stimmt doch was nicht!«

»Jetzt zitierst du schon die Dame in der Seniorenresidenz! Zeig mal deine Augenbrauen! – Aber alles in Ordnung«, sagte ich lachend. »Wir telefonieren viel.« Ich zupfte an meinem T-Shirt-Saum. »Er hat sicher andere Sorgen, da muss er sich meine nicht auch noch aufladen.«

»Jetzt mach mal einen Punkt, Sina. Welche Sorgen? Die Schockstarre nach der Nummer mit Martin und Billa hast du doch wohl hinter dir. Und die Schuldfrage haben wir doch auch erfolgreich auf die beiden geschoben. Du bist frei. Geh los und pack ihn dir!«

»Das ist nicht so einfach.«

»Was ist nicht so einfach? Ich versteh es nicht.« Nathalie stand auf und ging vor mir auf und ab. »Friedrich ist ja wohl offensichtlich sehr an dir interessiert. Und außerdem: Er hat dich an jenem Abend buchstäblich aus der Gosse gezogen, meine Liebe, ich wiederhole: aus der Gosse!«

Ich ließ den Kopf sinken und murmelte: »Hätte ich dir das nur nicht erzählt.«

»Hör mir zu!« Mit schwungvoller Armbewegung schüttete sie den guten Glühwein über die Bretter des Terrassenbodens. »Oh, sorry! Aber das ist ja nicht zum Aushalten mit deinem Selbstmitleid, oder was auch immer dich da bremst.«

Schmollend schob ich meine Unterlippe vor.

»Komm mir nicht mit so einem Gesicht, so einem beleidigten. Das hatten wir auch schon.«

Beim erneuten Herumfuchteln schwappte der Rest des Glühweins auf die Terrasse.

Ich grinste.

Nathalie schaute kurz auf den Fleck zu ihren Füßen, dann griff sie nach der Flasche und goss nach.

»Meinst du, der will mich überhaupt?«, fragte ich scheinheilig.

»Genau! Das ist es!« Mit Schwung stand sie auf und riss die Arme nach oben.

Diesmal ging der Schwall mit leisem Platsch hinter ihr in meine Blumen.

»Genau!«, wiederholte sie. »Deshalb wischt er dir die Kotze vom Kinn und sorgt sich auch noch um deine Zahnhygiene. Weil du ihm so schnurzpiepe bist!« Sie setzte zu einem Schluck an und begutachtete dann verwundert das leere Glas. »Den Arsch hätte er dir versohlen sollen, wie angekündigt!«

Energisch goss sie sich den Rest der ersten Flasche Glühwein ein.

»Warum erzähl ich dir immer alles bis ins Einzelne?« Stöhnend rieb ich meine Stirn.

»Weil ich dein freilaufendes Gewissen bin, Sinakind!«

Nach einer Weile sagte ich: »Auf deine Neuigkeiten bin ich gespannt! Du hast ja so geheimnisvoll getan am Telefon!«

»Na gut, wenn du mich so lieb bittest … Aber merk dir: Wir sind noch nicht fertig mit Friedrich!« Sie nippte an ihrem Glas.

»Stimmt«, sagte ich und lachte.

»Du verheimlichst mir doch was«, sagte sie, reckte ihr Kinn in die Höhe und kniff die Augen zusammen.

»Stimmt«, antwortete ich und konnte mich kaum noch halten.

»Ihr habt längst was miteinander, stimmt's?«

»Stimmt! Und wir sind total verliebt! Ich steh völlig neben mir und fühl mich wie ein Teenie! Ich hätte nicht gedacht, dass es mir dermaßen die Füße wegzieht …«

»Du schießt ja mal wieder den Vogel ab! Nicht schlecht, muss ich sagen, aber das kann ich toppen.«

Sie setzte sich sehr aufrecht an den Rand der Liege. Und sagte nichts.

»Natze?«

Nichts.

»Hallo?« Ich wedelte mit der Hand vor ihrem Gesicht.

»Ich sammle mich.« Sie stand auf. »Ich darf dir verkünden … dass wir verwandt werden.« Räuspern. »Sozusagen.« Sie machte ein feierliches Gesicht.

Ich stöhnte innerlich. »Natze! Auch wenn du es irgendwie geschafft hast, den Gentest zu manipulieren …« Ich tätschelte ihre Hand. »Ich glaube nicht an die Geschichte von Martin und Onkel Hans als Vater und Sohn.«

»Ich auch nicht mehr.«

Mein Blick schweifte in die Ferne. »Und dass ich Martin nicht heirate, ist ja wohl auch jedem klar.«

»Ha!« Sie sprang auf. »Alles Sackgassen. Ganz andere Route.«

Der Alkohol zeigte bei ihr deutlich seine Wirkung.

»Haha!« Triumphierend wedelte sie mit dem Wein vor meiner Nase.

Nur ganz wenig von der Flüssigkeit landete auf meiner Hose und der Liege. Trotzdem nahm ich ihr das Glas aus der Hand, stand auf und stellte es auf den Tisch.

Sie war kurz irritiert, sah dann die Flecken und das nächste »Haha« kam schon nicht mehr ganz so energisch.

Fragend schaute ich sie an.

Nathalie straffte sich und verkündete dann mit der Miene einer Orakelbeschwörerin: »Unser Onkel Hans will deine Oma Hilde heiraten!«

Zum Glück war ich gerade mit meinem Hintern über der Liege. Rumms!

Das war ja der Hammer!

»Tata!«, jubelte sie.

Ich rang nach Fassung. »Wie kommst du denn darauf?«, stotterte ich. »Das ist nicht wieder so eine Wunschvorstellung von dir, bei der alle mithelfen müssen, dass sie auch wahr wird?« Zweifelnd schaute ich sie an.

»Nein, nein!«, quiekte sie vor Wonne.

Mich so geschockt zu haben, schien ihr die größte Freude zu bereiten.

»Die kennen sich doch erst ein paar Monate!«

»*Schon* muss das heißen, die kennen sich schon Monate!«

»Aber … aber das ist doch viel zu überstürzt!« Ich knetete meine Hände. »So ein Schritt will gut überlegt sein!«

»Wie spießig bist du denn drauf? Sina!«

In meinem Kopf wollten Bilder erscheinen, wie sich Onkel Hans an meine Oma ranschmiss. Ich versuchte krampfhaft, sie fernzuhalten.

»Sina, sie haben nicht mehr alle Zeit der Welt, um sich zu beschnuppern. Freu dich doch!«

»Mach ich ja, mach ich ja!«

»Ist dir ganz arg anzusehen.«

»Was sagt denn Oma Hilde?«

Nathalie ließ ihr Glas sinken. »Da kommt der schwierige Teil.« Sie schaute zur Seite und murmelte: »Die weiß es noch gar nicht.«

»Die weiß es noch gar nicht?«, quiekte ich diesmal.

»Na ja, also der eigentliche Akt ...«

Schnell hielt ich mir die Ohren zu, das wollte ich nicht hören, die Bilder würden nie wieder verschwinden.

Nathalie fuhr fort: »Der eigentliche Akt des Um-die-Hand-Anhaltens ist wohl ein Problem für Onkel Hans. Er weiß nicht, wie, und will es auf keinen Fall vermasseln.« Sie starrte mich auffordernd an.

»Ja, und?«

»Na ja ... Da kommst du jetzt ins Spiel!«, sagte sie mit schiefem Lächeln.

»Wie, ich?«

Nathalie rutschte auf ihrem Sitz hin und her. »Du kennst deine Oma doch am besten. »Wie hätte sie es denn gern?«

»Das ist nicht euer Ernst!« Entsetzt schaute ich sie an.

Ihr schüchternes Lächeln sagte mir, dass es das durchaus war.

Ich schüttelte den Kopf.

Nathalie stand auf. »Du, ich muss jetzt mal ums Eck«, sagte sie hastig. »Denk einfach mal drauf rum. Keine voreiligen Schlüsse. Alle Für und die wenigen Wider mal aufs Tablett und dann wirst du schon sehen.« Sie verschwand in der Wohnung.

Völlig platt schaute ich ihr hinterher. Eigentlich hatte sie ja recht. Was sprach gegen eine Hochzeit? Der Altersunterschied? War eigentlich nicht mein Problem. Und die fünf Extrajahre sah man Oma Hilde nicht an.

»Ein schönes Paar, wenn ich sie mir beide so vorstelle«, sagte ich zu Nathalie, als sie wiederkam. »Zum Glück waren die feschen Astern nicht fesch genug!«

»Siehst du! Sag ich doch! Sollen sie sich doch ein paar schöne gemeinsame Jahre machen. Mit allem Drum und Dran!«

»Nathalie!«

Sie lachte schallend. »Du glaubst doch nicht, dass sie noch nicht haben.«

»Bäh! Ich will davon nichts hören. Von mir aus sollen sie, aber ich will es nicht wissen!«

»Du hast echt einen Schaden davongetragen! Gerade du solltest doch dieses Bedürfnis kennen.«

»Ja, bei mir!« Ich machte eine Pause. »Nur bei mir, ich bin noch jung!«

»Sie ist deine Oma! Genetisch bist du quasi vorprogrammiert.«

»Jetzt ist aber gut!« Ich stand auf und öffnete die zweite Flasche des aufgetauten Glühweins. »Meinst du, sie ziehen zusammen?« Ich blickte Nathalie an.

»Na sicher«, sagte sie und hielt mir ihr Glas entgegen.

»Wohin? Schloss Krellberg oder zu Onkel Hans auf den Hof?«

»Weiß ich nicht, das werden sie schon allein klären.«

Ich setzte mich auf meine Liege und schlürfte am Wein. »Der Weg zu Oma muss über Ramon führen«, sagte ich nachdenklich. »Wenn sie Onkel Hans wirklich möchte und Ramon auch dafür ist, dann sehe ich kein Problem.«

»Du meinst, weil sie Ramon nicht abservieren möchte mit einem, den er nicht leiden kann?«

»Ja.«

»Dir ist klar, dass Ramon nicht körperlich an deiner Oma interessiert ist.«

»Das ist ja wohl offensichtlich!«, gab ich zurück. »Aber er ist seit vielen Jahren ihr bester Freund. Familie, quasi.«

»Du hast recht! Wir müssen mit Ramon reden.«

Schweigend nippten wir an unseren Gläsern.

»Du! Ich hab's!« Ich sprang auf und diesmal schwappte die Hälfte meines Glases über. »Er soll die Hochzeit organisieren!« Aufgeregt ging ich über die Terrasse. »Wir müssen von der Seite angreifen. Ihm eine Aufgabe geben. Ihm klar machen, dass ohne ihn der Karren an die Wand fährt.«

»Au ja!« Nathalie stand ebenfalls auf. »So eine richtig schöne, vornehme Hochzeit.«

»Elegant!«

Wir grinsten uns beide an.

»Ich geh morgen gleich hin und rede mit ihm«, beschloss ich.

»Frag ihn nach einem standesgemäßen Heiratsantrag! Vielleicht sollte Hans ja erst mal mit Hilde reden, bevor wir zwei Hühner die ganze Seniorenresidenz rebellisch machen.«

»Könnte funktionieren. Könnte wirklich funktionieren«, sagte ich nachdenklich.

»Chris darf nicht mehr ins Altenheim, bis Onkel Hans sie gefragt hat«, sagte Nathalie. »Das kann er nicht für sich behalten, das schafft er nicht.«

»Au Mann, das erklärst du ihm aber. Meine Karten sind im Moment nicht die besten bei ihm.«

Ich sah ihn wieder vor der Tür stehen, den Strauß in seinen dünnen Ärmchen. Erwartungsvoll. An meinem Geburtstag, als ich Nathalie von Gerlemann erzählen wollte.

Ups! Das hatte ich ja ganz vergessen!

»Nathalie!« Ich schluckte und suchte nach den effektvollsten Worten. »Setz dich hin.«

»Na, so sauer ist Chris auch nicht mehr auf dich.«

»Setz dich.«

Erstaunt, aber gehorsam tat sie, was ich verlangte, und schaute mich erwartungsvoll an.

»Wie bist du denn mit Gerlemann verblieben?«, fragte ich unschuldig.

»Der wollte sich doch bei dir melden. Hat er noch nicht?«

»Doch!« Ich schaute sie schmunzelnd an. »Hat er!«

»Ja und?«

»Wie viel hattest du ihm aus den Rippen geleiert?«

Jetzt grinste auch Nathalie. »Na, wie gesagt, eintausendfünfhundert. Hat er schon bezahlt?«

Ohne zu antworten, stand ich auf und ging in die Wohnung, um einen Umschlag zu holen, den mir Herr Gerlemann vor ein paar Tagen vorbeigebracht hatte. Ich wollte die Scheinchen in Händen halten, um sie Nathalie weiterzugeben. Das hatte für sie doch eine ganz andere Bedeutung als Zahlen auf einem Kontoauszug. Leichter bringt man Schwarzgeld ja nicht unter die Leute, war mein Gedanke, als Herr Gerlemann damit sofort einverstanden war.

»Dachte gar nicht, dass das bisschen Kohle so einen dicken Umschlag gibt«, sagte Nathalie staunend, als ich ihn ihr reichte. »Was soll denn das sein?«, fragte sie, nachdem sie hineingeschaut hatte.

»Du hast ›fünfzehn‹ zu ihm gesagt und er hat ›tausend‹ drangehängt.«

Ungläubig starrte Nathalie auf das Geld.

»Super, oder?«

Sie starrte immer noch.

»Natze?«

Keine Reaktion.

»Hallooohо! Keiner mehr da?«

Langsam sah sie mich an. »Das kann ich nicht annehmen.«

»Wie? Du kannst das nicht annehmen?«

»Das kann ich nicht annehmen, das ist ja Wucher!«

»Jetzt hör aber auf!«, sagte ich wütend. Ich hatte eine ganz andere Reaktion erwartet. »Das machst du am besten mit Gerlemann selber aus. Für ihn und seine Gisela ist das kein Wucher. Sie lieben deine Bilder! Ich habe ihnen alle Fotos gezeigt und jetzt wollen sie eine Ausstellung mit dir machen. In ihrer Firma!« Ich schnaufte vor Empörung. »Du hast doch Monate an dem Bild gemalt!«

»Eine Ausstellung?«, flüsterte Nathalie. »Mit meinen Bildern?« Ungläubig starrte sie mich an.

»Ja, nächstes Jahr, damit du alles schön vorbereiten kannst.«

»Du verarschst mich!«, sagte sie misstrauisch.

Als Antwort nahm ich ihr den Umschlag aus der Hand und wedelte vor ihrer Nase damit herum.

»Das ist ja voll irre!«, sagte sie noch zögerlich.

»Voll!«

»Wie viel von dem leckeren Glühwein ist noch da?«

»Nur noch diese Flasche, aber die wird reichen.«

Wir lachten und legten uns auf unsere Liegen zurück.

»Unglaublich«, sagte Nathalie noch ein paar Mal. Und nach einer Weile: »Schön, unsere Familie!«

»Finde ich auch!«

Dann schauten wir auf den großen Münsterturm und seine heuer hundertfünfundzwanzig Jahre.

Kapitel 15 | *Nathalie*

»Ich weiß, er ist mein Onkel, aber Heiratsanträge ausarbeiten ist was für Frauen«, winkte Harry ab, als wir ihn in unseren kleinen Kreis miteinbeziehen wollten. »Was euch gefallen würde, das wird bei Oma Hilde sicher auch ziehen.«

»Gut, dann coachen Sina, Ramon und ich Onkel Hans eben ohne dich.«

So kam es, dass wir auf Bitten von Onkel Hans an seinem Heiratsantrag bastelten.

»Auf keinen Fall darf Hans gleich nach dem Mittagsschlaf fragen, da ist sie ein klein wenig … derangiert, wenn ich das mal so sagen darf«, war Ramons erster Hinweis, was den Zeitpunkt des Antrags betraf.

»Und natürlich darf er auf keinen Fall in den Klamotten auftauchen, die er immer trägt, wenn er das Gemüse bringt«, setzte Sina nach.

»Könnt ihr euch bitte erst mal auf den Inhalt des Antrags konzentrieren, bevor es um den Rahmen geht!«, bremste ich die beiden.

»Und es muss auf jeden Fall vor dem Sherry sein, den sie in der Bibliothek am späten Nachmittag gemeinsam trinken«, fuhr Ramon unbeirrt fort.

»Und warum vorher?«, wollte Sina wissen.

»Halt so«, sagte Ramon.

»Raus mit der Sprache!«, bohrte sie nach.

»Wenn ich mich dazu äußere, dann befürchte ich, wird mich Frau Hilde körperlich züchtigen«, erwiderte er distinguiert.

»Und wenn du dich dazu nicht äußerst, dann verhauen dich Frau Sina und Frau Nathalie. Und zwar sofort!«, drohte ihm Sina halb im Ernst.

»Also gut. Weil es hin und wieder nicht bei einem Sherry bleibt«, gab er schnippisch zur Antwort.

»Und dann, Ramon? Wir hören.«

»Ich habe einfach Sorge, dass alles in ›Prost‹ und ›Cheers‹ untergeht. Ich meine nicht, dass sie danach nichts mehr wissen, aber es wird dann so unförmlich«, gab er zu bedenken.

»Du meinst, dann ist die ganze Etikette im Arsch«, fasste Sina zusammen.

»Oder so«, sagte er augenrollend.

»Lasst uns doch erst einmal aufsetzen, was er ihr sagen soll. Der Inhalt ist doch erst einmal wichtig. Wenn er die richtigen Worte findet, wird sie ja sagen. Egal ob er gestylt ist, sie unausgeschlafen ist oder ob sie beide besoffen sind.«

Nach etwa drei Stunden hatten wir zwei Seiten mit einem romantischen und ergreifenden Text beschrieben. Zum Steinerweichen.

»Wer kann dazu schon nein sagen!«, resümierten wir am Schluss gemeinsam.

Dass Onkel Hans sein Ziel letztendlich mit einem einfachen »Willsch mi heirata?« erreichte, erfuhren wir erst am Tag der Hochzeit.

Hans und Hilde Hecht hatten einige Wochen später in den Dornweiler Hof in Illertissen eingeladen und die gesamte Familie Hecht freute sich auf diesen Tag. Benni war mit seiner Theresa angereist und Alex kam ebenfalls in Begleitung. Zu Harrys Erleichterung war es nicht Veronique. Ich drückte kurz seine Hand und er zwinkerte mir erleichtert zu, als Alex uns Elena vorstellte. Stolz legte mein Sohn seinen Arm um das ausgesprochen hübsche Mädchen.

Animiert von der Geste seines Sohnes, legte Harry nun seinen Arm um mich.

»Das ist meine Frau, Nathalie. Nathalie Hecht«, präsentierte er mich der jungen Frau. »Anerkannte Künstlerin. Bald mit eigener Ausstellung. Für ihr erstes verkauftes Bild hat sie fünfzehntausend Euro bekommen.«

An dieser Stelle hatte ich ihm bereits das dritte Mal in seinen Hintern gekniffen. Aber Harry war nicht aufzuhalten.

Mit geschwellter Brust wie ein Hahn fuhr er fort: »Wir haben jetzt eine Haushaltshilfe, und demnächst macht die ganzen Familie gemeinsam Urlaub. Also alle.« Er schaute mich mit großen Augen an und wandte sich dann wieder an Elena. »Spendiert sie von ihrem selbst verdienten Geld!«

»Freut mich außerordentlich«, antwortete sie und streckte mir schüchtern ihre Hand entgegen.

»Aber nicht fest drücken, sie muss mir noch einen Porsche erpinseln«, sagte Harry.

Ich wusste nicht, ob ich lachen oder vor Scham zu Staub zerfallen sollte. Ich drückte herzhaft die entgegengestreckte Hand der jungen Frau. Wenn sie Alex nach diesem Auftritt nicht verließ, dann war sie die Richtige für unsere Familie.

»Okay, ich geb zu, das war ziemlich dick aufgetragen«, sagte Harry zerknirscht. »Aber jetzt ganz ehrlich«, ergänzte er und schaute mich zärtlich an, »ich bin wirklich stolz auf dich. Und nicht nur wegen deiner Bilder.«

Chris gefiel es, dass er seine großen Brüder wieder einmal um sich hatte, und Ramon war in seinem Element. Er rannte wie ein Zeremonienmeister um unseren Tisch und sorgte mit Hilfe des Kellners dafür, dass es uns an nichts fehlte. Nur Sina war etwas bekümmert.

»Geht es dir nicht gut?«, fragte ich.

»Doch, prima. Danke«, antwortete sie und lächelte traurig.

Ihr Mienenspiel sagte etwas anderes.

»Da würde sich Friedrich aber auch sehr wundern, wenn du bei einer solchen Feier wie ein Griesgram dasitzen würdest.« Ich lächelte sie ebenfalls an.

Dass sie mir nicht folgen konnte, sah man deutlich.

»Er hat mir nämlich erzählt, dass er in eine humorvolle, lebensbejahende Frau verliebt ist. Und intelligent und attraktiv sei sie zudem.«

Noch immer sah sie mich irritiert an.

Der Überraschungsgast für Sina ließ uns hängen. Wir hatten mit Friedrich heimlich verabredet, dass er zum Essen dazukam. Onkel Hans hatte ihn auf meine und Oma Hildes Bitten hin eingeladen.

Während ich noch nachdachte, wie ich die Kurve kriegen sollte, strahlte Sina mich an.

Nein, ihr Strahlen ging an mir vorbei. Es galt dem großgewachsenen, gutaussehenden Friedrich von Lumbritz, der gerade auf unseren Tisch zukam.

»Mensch, Natze!«, sagte sie, stand auf und fiel ihm um den Hals.

Nach dem Essen erhob sich Onkel Hans, klopfte an sein Glas und räusperte sich. »Also, ihr älle mitenander.« Er legte Oma Hilde seine Hand auf die Schulter, worauf diese sie tätschelte. »I hätt net denkt, dass mir im Läba des no bassiert, dass i mi nomol so verlieb. Ihr stimmet mir bestimmt zua, wenn i sag, dass i mit dera Frau an Glücksgriff gmacht hab.«

»Fürwahr«, bestätigte Ramon, stand auf und verbeugte sich in Richtung Oma Hilde.

»Fürwahr!« Chris lachte und wiederholte das Wort noch einmal, um es sich auf der Zunge zergehen zu lassen.

»Danke, Ramon«, sagte Onkel Hans und bedeutete ihm mit der Hand, sich wieder zu setzen. »I han's diesmol alloi im Griff.« Er räusperte sich nochmal. »Und um des Rätselrota, wo mir wohna wellet, glei zu beenda …«

Oma Hildes Hand strich zärtlich über seinen Unterarm und er beugte sich nach unten und küsste sie.

Alle waren gerührt und einige klatschten sogar. Harry, schon leicht enthemmt von zwei Gläsern Bier, setzte gerade an, »mehr, mehr« zu rufen.

Aber ich kannte meinen Mann und mir gelang es in letzter Sekunde, meine Hand auf seinen Mund zu drücken. Alex schaute mich dankbar an.

»Beruhigt eich, beruhigt eich wieder.« Onkel Hans nahm sein Glas, hielt es in die Höhe und verkündete wie ein König: »Mir werdet auf Schloss Krellberg wohna.«

Wieder sprang Ramon auf: »Bravo! Bravo!«, rief er ganz aufgeregt.

Das Volk ließ sich mitreißen und rief ebenfalls »Bravo!«

»Der ist ja völlig außer sich, dass Oma Hilde ihm erhalten bleibt«, flüsterte Sina mir ins Ohr.

»Ist doch alles bestens gelaufen«, flüsterte ich zurück.

Onkel Hans war aber noch nicht fertig. »Ruhe bitte. I muss nomol was bekannt geba.«

Er stellte sein Glas ab. »Mir hen beschlossa, koine Kinder meh zu kriaga.«

Er machte eine bedeutungsschwere Pause, und nach kurzer Irritation brachen chaosähnliche Zustände aus. Die Spannung löste sich in Lachen, Pfeifen und Schenkelklopfen auf.

Harry schüttelte den Kopf. »Als ob der das jemals gekonnt hätte!«

Selbst Oma Hilde liefen vor Lachen die Tränen über die Wangen.

»Was i damit saga wollt«, versuchte Onkel Hans sich Gehör zu verschaffen, »mir werdet koine Nachkomma han. Aber mir hen an Nochfolger für dr Hof gfunda.«

Schlagartig war es mucksmäuschenstill. Nur Ramon konnte man leise wimmern hören, während er sich in den Handrücken biss. Er hatte jegliche Contenance verloren.

»I werd dr Hof an dr Herr von Lumbritz verkaufa«, sagte Onkel Hans, nickte wohlwollend in Richtung Friedrich und setzte sich ohne ein weiteres Wort.

Es war noch immer kein Laut zu hören, sogar Ramon hatte sein Wimmern eingestellt.

Nun erhob sich Friedrich und alle Gäste starrten ihn erwartungsvoll an.

»Liebe Familie Hecht, lieber Herr Ramon …«

»Krause, Ramon Krause«, ergänzte Ramon.

»… liebe Familie Hecht, lieber Herr Krause, liebste Sina. Ich fühle mich geehrt, dass Herr Hecht …«

»Jetzt Hans, Onkel Hans für di«, unterbrach ihn diesmal Onkel Hans.

»… liebe Familie Hecht, lieber Herr Krause, liebste Sina. Ich fühle mich geehrt, dass Onkel Hans so viel Vertrauen in mich setzt und mir seinen Hof überlassen will. Es war immer dein Wunsch, Onkel Hans, dass der Hof in der Familie bleibt, und diesen Wunsch habe ich auch.« Er machte eine Pause und sah Sina an.

Ratlosigkeit machte sich breit. Mit dieser Aussage konnte keiner etwas anfangen.

Ich war die Erste, die die Bedeutung dieses Satzes verstand. Und mir klappte der Unterkiefer herunter.

Und tatsächlich, Friedrich griff in seine Hosentasche, schob seinen Stuhl nach hinten, kniete vor Sina nieder und streckte ihr einen Ring entgegen.

»Ist das romantisch!«, entfuhr es mir und meine Sicht wurde immer verschwommener.

»Ich werd verrückt!«, sagte Harry und hieb auf den Tisch.

Sina schaute ratlos.

»Willst du meine Frau werden, liebe Sina?«, fragte Friedrich mit leiser Stimme.

»Bravo! Bravo!«, schrie Ramon, der nun völlig durch den Wind war.

»Ich liebe dich schon seit unserer Schulzeit. Und jetzt kann ich mir ein Leben ohne dich nicht mehr vorstellen«, sagte er und nahm ihre Hand.

Sina schaute ihm tief in die Augen.

Dann griff sie nach dem Ring.

Dank

Wir bedanken uns von ganzem Herzen bei allen, die uns beim »Spätzle machen« unterstützt haben: Markus, Issy, Elena, Benji, Wolfgang, Susi1, Gisela, Brigitte, Waltraud, Herrn Irtzing, Frau Trabold, unserer Lektorin Bettina Kimpel und Frau Menczel für die Korrektur.

Bloß fürs Yoga macha hen mer niemand gfonda.

Unsere Bestseller

In Ihrer Buchhandlung

Elisabeth Kabatek

Laugenweckle zum Frühstück

Roman

Pipeline Praetorius (31) lebt in Stuttgart. Sie ist Single. Und arbeitslos. Zwischen Bewerbungsstress und Scherereien mit der Arbeitsagentur stolpert Line auf der Suche nach Mister Right von einer Katastrophe in die nächste.

320 Seiten.
ISBN 978-3-87407-809-2

Elisabeth Kabatek

Brezeltango

Roman

Die quirlige Beziehungskomödie geht in die nächste Runde – flott, frech und romantisch. Auch im zweiten Roman rund um Pipeline Praetorius schlägt das Katastrophen-Gen wieder zu und schickt Line und Leon auf eine turbulente Achterbahn der Gefühle.

336 Seiten.
ISBN 978-3-87407-984-6

Silberburg-Verlag

www.silberburg.de